아침을 여는 소리

아침을 여는 소리

펴낸날 2019년 12월 17일 초판 1쇄 펴냄 | **찍은날** 2019년 12월 17일 초판 1쇄 찍음 | **지은이** 이덕영 | **펴낸이** 이향원 | **책임편집** 조성일 | **펴낸곳** 소이연 | **전 화** 070)7571-5328 | **주 소** 경기도 고양시 덕양구 충장로152번길 39, 2002-604 | **등 록** 제311-2008-000019호

ISBN 978-89-98913-12-0 03800

값 15,000원

이 도서의 국립중앙도서관 출판시도서목록(CIP)은 e-CIP 홈페이지(http://www.nl.go.kr/ecip)에서 이용하실 수 있습니다.(CIP제어번호: CIP2019049667)

* 잘못된 책은 바꿔드립니다.

의사 이덕영
소이연

책을 내며

가난한 시골 농사꾼의 아들로 태어나 어려운 가정 형편에 중학교도 제대로 마치기 어려웠던 내가 지금 내과 전문의, 의학박사가 되었다. 지역에서 '명의'로 통하고 있고, 하루에도 100여 명의 환자분들이 하양 중앙내과를 찾는다. 대구, 경북 등 멀리서 찾아오는 환자들이 있을 정도로 성공한 의사다. 이런 내가 때로는 자랑스럽고 뿌듯하다. 돌이켜 보면 저절로 된 건 아니다. 말 그대로 '분투'(奮鬪)의 결과다. '분투'의 사전적 의미는 '있는 힘을 다해 싸우거나 노력함'이다.

그 과정에서 많은 분들의 도움이 있었다.

모든 게 나를 낳고 사랑으로 길러주신 세상에서 가장 존경하는 아버지, 어머니 덕분이다. 또한 4남 1녀 형제들의 도움이 있었고, 특히 둘째 형님이 내가 공부하는 과정에 도움을 크게 주셨다. 중학교 시절 3년간 밥을 해주셨던 풍기 이모님, 고등학교 1학년 때 1년간 밥을 해주셨던 대명동 어머님께서 정말 수고가 많으셨다. 고등학교 3학년 때 하숙비를 대셨던 큰형님과 형수님의 도움도 컸다. 학창 시절 어려운 형편에 몇 달씩 자취방을 공짜로 빌려주시거나 불편을 아랑곳하지 않고 더부살이를 허락해준 친척들과 동네 형들의 도움에 깊이 감사드린다.

학창 시절 나에게 좋은 벗이 되어준 초·중·고, 그리고 대학동창들에게 진심으로 고마운 마음을 전하고 싶다. 학창 시절 열심히 지도해주시고 잘 이끌어 주신 선생님들, 교수님들께 깊이 감사드린다. 나에게 장학금을 주며 나를 의사로 만들어준 계명대학교 의과대학과 의학박사로 키워 준 경북대학교 의과대학의 이재태 교수님께도 감사드린다. 어려운 여건에도 지역민들의 건강을 지키기 위해 함께 애쓰는 동료의사들에게 감사와 위로를 드린다. 사회봉사활동과 각종 단체, 아카데미에서 만나 좋은 인연되어 여러모로 도움주시고, 든든한 언덕이 되어 주신 선배님들, 친구들, 후배님들께 깊이 감사드린다.

의사로서 병을 고치는 소의(小醫)의 역할이 나의 본분이었다. 앞으로는 사회를 고치는 중의(中醫), 나라를 고치는 대의(大醫)가 되고 싶다. 사회와 국가의 병든 곳을 제대로 진단하고 치료해보고 싶다. 그러기 위해 '나'라는 사람이 누구인지 제대로 아는 것이 순서이다. 내가 자전 에세이를 쓰기로 마음먹고 4년을 보낸 이유가 바로 내가 누구인지 되짚어보고 싶어서다. 정치인은 의사와는 여러 면에서 크게 다를 것 같기도 하지만, 나는 그동안 쌓은 의사로서 전문성과 역량을 발휘해 보건 의료분야 정책들을 제대로 지도 감독하고, 필요한 법안들을 입안하여 더욱 건강하고, 안전한 자유대한민국을 만들고 싶다.

당에 들어온 지 10년이 흘렀다. 정치를 전혀 모르던 의사 출신이 정치에 대해서 하나씩 배울 수 있도록 잘 이끌어주시고 힘이 되어 주신 국회의원님들과 모든 선배 정치인들께도 깊이 감사드린다. 특히 2018년 당협위원장과 고락을 함께 한 당협운영위원, 각급 위원장들과 '아침을 여는 소리' 회원들을 비롯한 도움 주신 모든 분들께 이 책을 빌려 진심으로 감사를 드린다.

2019년 12월

이덕영

차례

제1부 성장기 이덕영 이야기

제2부 청년기 이덕영 이야기

제3부 의사 이덕영 이야기

제4부 시골의사 이덕영 이야기

제5부 세상 속 이덕영 이야기

제1부

■

성장기 이덕영 이야기

행복했던 어린 시절의 추억

나는 시골 촌놈이다. 사람들은 "시골촌놈이 의사가 되었네!"라고 말한다. 이 말 속에는 많은 의미가 함축되어 있다. 단순히 '시골촌놈'과 '의사'가 합쳐진 것이 아니라 내 삶의 모든 것이 녹아 있다. 그래서 나는 이 문장을 읽을 때마다 여러 감정이 교차된다.

1966년 7월 나는 경북 영주의 깊은 산골에서 태어났다. 어린 시절 내가 살았던 시골은 가끔 차량이 지나가면 먼지가 풀풀 날리는 비포장 도로에, 흔히 달구지가 물건을 싣고 다니고 있었고, 사람들은 5일장이 돌아오면 8km 떨어진 풍기읍내는 물론, 20km 떨어진 영주시내까지도 장에 내다 팔 곡식과 과일들을 머리에 이고 등에 지게로 지고 대부분 걸어 다니던 곳이었다. 버스 운행은 하루에 겨우 아침, 저녁으로 두세 번이 전부였다. 이런 시골에서 나는 아버지 이병선님, 어머니 이숙희님 사이에 태어난 4남 1녀 중 셋째이다.

주민등록에는 1967년생이다. 당시에는 아이들이 태어나서 채 돌도 되지 않아 잘못되는 경우가 많았던 터라 출생신고를 바로 하지 않고 1

필자의 고향마을과 고향집 전경.(사진 한 가운데 파란 지붕의 양옥집이 필자의 고향집.)

년쯤 기다렸다가 하기 일쑤였다. 요즘 젊은이들은 '잘못 된다'는 말의 뜻을 곧바로 이해하기 어려울지도 모르겠다. 쉽게 말해 '죽는다'이다. 당시 내가 태어난 시골에서는 아파도 병원에 갈 수 있는 경제적 여유도 없었거니와, 병의원도 거의 없었다. 당시에는 각종 감염질환이 흔하였지만 의학이 발전하지 못했고, 병의원에 한 번 가기도 '하늘의 별 따기'이었던 터라 신생아들이 타고난 면역력으로 저절로 나으면 살고 그렇지 못하면 죽는 경우가 비일비재하였다. 그래서 호적 신고를 늦추기도 하였고, 신고하러 가는 사람이나 면서기의 지적 수준이나 기억력에 따라 호적상 나이와 실제 나이가 한두 살 쯤 차이가 나는 경우가 흔했다.

당시 농촌의 현실이 어디나 비슷했겠지만 내 기억 속의 우리 집은 무척 가난했다. 더욱이 가르쳐야 할 자식들이 많아 우리 집의 어려움은 더 컸다. 아버지는 가난을 이겨내고 또 자식들을 제대로 가르쳐보겠다는 일념으로 내가 다섯 살 무렵 영주시내로 이사를 하였다. 그러나 중학교 1학년을 몇 달 다니다가 가난한 살림살이로 중퇴를 하였던 아버지이셨기에 당신이 공부를 많이 한 것도 아니고 특별한 기술이 있는 것도 아닌 농사꾼이라 영주시내에서 돈벌이가 되는 직업을 찾기란 쉽지 않았다. 이런저런 궂은일도 마다하지 않았지만 현실은 녹록치 않았다. 아버지는 1년 만에 다시 태어나고 자란 시골마을로 돌아오셔야 했다. 집안 형편이 이런지라 우리 집에서는 고사리손이라도 일손을 돕는 것이 우선이었다.

필자의 아버지와 어머니.

요즘 아이들은 유치원 들어가기 전에 이미 한글을 깨우치지만 나는 이덕영 이름 석 자만 겨우 쓰고 한글을 깨우치지 못한 채 여덟 살에 봉현남부국민학교(오늘날 초등학교)에 들어갔다. 당시 국민학교 부설 유치원이나 학교 인근의 교회 부설 유치원이 있었지만 나는 유치원은 꿈도 꿀 수 없었다. 초등학교에 입학 후 산수(요즘 수학에 해당) 과목에서는 곱셈과 나눗셈이 어려워 2학년 말까지 방과 후 나머지 공부를 하기도 했다.

우리 동네에는 남녀 동기생들이 몇 명 있었다. 하지만 나는 그들과 함께 등하교를 하지 못했다. 그들은 자기네들의 언니, 오빠 혹은 형들과 함께 등하교를 했다. 물론 내게도 형이 둘이나 있었지만 큰형과는 아홉 살, 작은형과는 여섯 살의 나이차가 있었고, 나의 형들은 중학생, 고등학생이었기 때문에 난 늘 외톨이로 등하교를 하였다. 그래서 내 기억 창고에는 초등학교 시절 친구들과 쌓은 추억이 거의 저장되어 있지 않다.

대신 홀로 만든 추억 몇 가지가 자리 잡고 있다. 초등학교 2학년 때의 일이다. 7월 장마철 어느 날 아침, 추적추적 소리를 내며 많은 비가 내리고 있었다. 어린 시절 나는 비 내리는 날에는 학교에 가기가 무척 싫었다. 당시는 우의나 우산이 흔하지 않았던 때라 비 내리는 날에는 비료포대의 한 면을 가위로 오려 깔때기 모양으로 접어서 머리 위에 덮어쓰고 등교를 하였다. 그날도 그런 차림이었다. 비 내리는 아침 어둠이 드리워져 늦게 일어났고 학교를 가고 싶지 않았지만 부모님의 눈치를 보느라 억지로 집을 나서야 했던 나는 무의식중에 '학교를 갈 것인가 아니면 땡땡이를 칠 것인가'를 놓고 고민하고 있었다. 돌배나무 밑에서 비를 피하며 빗줄기에 떨어지는 낙과를 주워 먹으면 정말 맛있을 것 같다는 생각이 뇌리에 스쳤다. 학교를 향하던 나의 발걸음은 나도 모르는 사이 마을 뒷산 기슭에 자리 잡은 맨 꼭대기 집의 수십 년 된 돌배나무를 향하고 있었다. 돌배나무 아래 떨어진 낙과는 보이지 않았

과일이 귀하였던 시절인 초등 2년 6월 어느 비 내리던 날 학교를 땡땡이치고
마을 뒷산 돌배나무 아래에서 떨어지는 배를 기다리던 순간들.

다. 나무 위의 배를 하나 따 먹고 싶었지만 키가 닿지 않아 포기하였고 기다리기로 맘먹었다. 꼭지가 가늘거나 약한 것 혹은 병이 들거나 썩은 배는 비를 맞으면 땅으로 떨어질 거라는 걸 알고 있었다. 추적추적 빗소리가 계속되었지만 아쉽게도 떨어지는 배는 보이지 않았다. 마치 감나무 아래에서 입을 벌리고 익은 홍시가 떨어지기를 기다리는 꼴이었다. 한참을 지나서야 기다리고 기다리던 돌배 하나가 툭 소리를 내며 땅바닥으로 떨어졌다. 나는 얼른 주워서 소매에 대충 문질러 닦고 맛있게 씹어 먹었다. 과일이 정말 귀하던 시절이었다. 역시나 싱싱하고 달달한 돌배 맛이 느껴졌다. 참 행복했다.

그러다 문득 정신을 차리고 보니 학교 수업을 빼먹고 땡땡이 친 게 여간 신경 쓰이는 게 아니었다. 하지만 이미 기차가 떠나고 화살이 시위를 떠난 것처럼 어떻게 할 방법이 없었다. 학교 수업을 마치고 나는 평소처럼 집에 하교할 시간이 되어서야 마을 뒷산 돌배나무 밑에서 집으로 내려왔다. 다행히 부모님은 그 날 학교 수업을 땡땡이 친 사실을 전혀 짐작하지 못하셨다. 그 외에도 평소 과일이 부족하던 시절이라 동네에 있었던 몇몇 집들의 과수나무 밑에 떨어져 있는 밤, 사과, 배를 주워 먹기 위해 이른 새벽마다 과수나무 밑을 한 바퀴 돌아다녔던 기억이 생생하다.

여섯 살 때 나무에서 떨어졌던 기억도 또렷이 남아 있다. 한여름 시골에는 여기 저기 나무마다 매미 울음소리가 울려 퍼지곤 하였는데, 일곱 살 어린 나이에 매미를 잡으려고 나무에 기어오르다가 썩은 나뭇가지를 잡는 바람에 나뭇가지가 부러지면서 땅바닥으로 내동댕이쳐졌다. 그때 나는 한동안 정신을 잃었다. 정신이 희미하게 돌아왔지만 걷지 못하고 엉금엉금 기어서 나무 밑을 빠져나왔던 기억이 난다. 이 일로 부모님이 많이 놀라셨다. 아버지께서 20km나 떨어진 영주시내 병원으로 나를 데려가 이런 저런 검사를 받았는데 다행히 큰 이상은 없었다. 아버지께서는 야단 대신 맛있는 아이스께끼(오늘날 아이스크림)를 사주셨다. 버스정류장 근처에서 아이스박스를 메고 다니면서 '아이스께끼'를 외치며 아이스크림을 팔았던 장사꾼과 난생 처음 먹어보았던 아이스께끼의 달콤함은 50년 가까이 지난 지금도 어렴풋이 기억난다.

고사리손 어린 일꾼

초등학교 저학년 때 소를 먹이는 담당은 바로 나였다. 학교를 마치고 집에 돌아오면 부모님이 일하고 계시던 들판으로 나가 소꼴을 베어야 했다. 우리 집 소가 좋아하고 잘 먹는 보들보들한 풀을 베어야겠다는 생각으로 들판을 여기저기 쏘다녔던 기억이 난다. 지게에 하나 가득 소꼴을 베어 어두컴컴해지면 집으로 돌아와 소죽을 끓이곤 했다.

지금은 시골에서도 등유 혹은 가스보일러로 난방을 한다. 어떤 집에서는 가끔 연탄이나 화목보일러를 쓰기도 한다. 화목보일러라 해도 주로 장작을 사용한다. 나의 어린 시절에는 겨울방학을 하고 나서는 지게, 낫, 까꾸리를 챙겨서 부모님을 따라 산으로 땔감을 구하러 다녔다. 당시에는 사랑방 아궁이에 불을 지피고, 가마솥에 물을 끓였으며, 안방 부엌에서도 아궁이에 땔감으로 불을 지피고 밥을 짓던 시절이었다. 땔감이라면 아무거나 다 사용할 수 있어서 어른과 아이 할 것 없이 틈만 나면 겨울철 땔감을 마련하러 산을 올랐다. 큰 소나무의 샛가지를 자르거나 떡갈나무를 낫으로 베어서 지게에 가득 지고 내려오곤 했

해 질 무렵 소꼴을 지게에 가득 지고 집으로 돌아가곤 하였던 고사리손 어린 일꾼.

다. 이처럼 우리 집 형제들은 너나 할 거 없이 초등학교 저학년부터 이런 저런 가사를 도와야 했다.

나의 일복은 갈수록 늘었다. 내가 초등학교 2학년에 올라가던 해에 우리 집에서는 밭에다 사과나무를 심었다. 3,000평 정도 되는 거 같다. 초등학교 5학년이 되자 사과가 열리기 시작했다. 과수원 일은 장난 아니게 많았다. 요즈음 대형마트에서 몇천 원이면 한 소쿠리 가득 살 수 있는 사과이지만 사과 하나가 우리의 식탁으로 올라오기까지 얼마나 많은 농부의 땀을 먹고 자라는지를 과수원을 하기 전까진 미처 알지 못했다. 겨우내 혹은 이른 봄 사과나무 밑에 거름을 주고, 4~5월 사과꽃이 피고 열매가 맺기 시작하여 조금 굵어지면 알맹이가 부실하

초등학교 저학년 시절 낮에는 농사일, 밤에는 호롱불 밑에서 공부했던 주경야독(晝耕夜讀).

거나 너무 많이 달린 가지에서는 적과를 해서 적당히 솎아내고, 5~6월에는 사과봉지를 씌워야 이른바 좋은 상품을 만들 수 있다. 무성하게 자라는 사과나무 밑의 풀을 베어야 하고, 필요에 따라 일 년에 일곱 차례 정도로 나무에는 살충제를, 나무 밑의 밭에는 어린 풀이 자라나지 못하도록 제초제를 뿌려야 한다. 한 가지 일을 마치면 돌아서기도 전에 다른 일이 기다리기 일쑤다. 그렇게 바쁘게 시간이 흘러 7월 중순에는 아오리 품종이 나오고, 뒤를 이어 홍로가 나온다. 10월 중순이 넘으면 부사가 익기 시작해서 10월 말 혹은 11월 초순에 사과를 수확해야 소백산 아래 찬 서리나 첫눈을 맞아 사과가 얼어버리는 걸 피할 수 있었다. 내가 어린 시절에는 신맛이 강하지만 빨갛게 고운 빛깔을

띠었던 홍옥이란 사과 품종이 8~9월에 나왔던 거 같고, 굵기가 작고 육질이 단단한 국광이란 사과는 거의 11월 중순이 지나야 수확이 가능했던 거 같다. 과수원을 하는 농부들은 사과 수확이 끝났다고 해서 오래 쉴 수는 없다. 다음 해에 농사를 잘 지으려면 한겨울에 가지치기를 제대로 해야 한다. 나 역시도 한겨울 과수원에 나가 아버지가 가지치기를 하면 잘린 가지를 모아 땔감을 마련하는 일을 거들었다.

그렇게 나는 초등학교 저학년 때부터 집안의 농사일을 거들어야 했지만, 밤에는 호롱불을 밝히며 공부에 몰두했다. 흔히들 말하는 주경야독이 이런 경우이리라. 우리 동네에 전기가 들어온 것은 1976년, 내 나이 열한 살 때였다. 돌이켜보면 참 운이 좋게도 나는 나머지공부를 하는 학습부진아를 벗어나 4학년 때부터 우등생이 되었고, 학교 성적은 늘 상위권에 머물렀다. 그 결과 나는 봉현남부국민학교를 전체 76명 중 3등으로 졸업하였고, 금계중학교에 진학하였다.

중학교 진학

초등학교 6학년 겨울방학에 고등학교 3학년이던 둘째 형이 필기체, 인쇄체의 영어 알파벳과 train, bus, taxi 등 간단한 생활 영어 단어들이 적힌 자습서 한 권을 선물했다. 나는 처음 접하는 ABC 등 꼬부랑 글씨가 신기하기만 했다. 한글 외에 또 다른 글자도 있고, 이걸 익히면 꼬부랑말을 할 수 있다는 사실이 믿기지 않았다.

중학교 입학 전 반 편성을 위한 수행평가시험을 보던 날 나는 아버지 손에 이끌려 내가 다닐 금계중학교를 처음 가보았다. 내가 풍기 읍내를 구경한 것도 그날이 처음이었다. 중학교 예비소집에 다녀오면서 아버지는 읍내 오거리 포장마차에서 핫도그, 오뎅, 튀김 등을 사 주셨는데, 난생 처음 맛보는 음식들이 꿀맛이었다. 나는 수행평가를 잘 보지 못했다. 그러나 이름 석 자 겨우 쓰고 초등학교에 들어갔던 내가 영어 알파벳은 쓸 줄 알고 중학교 생활을 시작할 수 있었기에 왠지 앞으로 잘 될 거 같은 자신감과 기대감이 넘쳤다.

중학교 1학년이던 1979년 봄, 10·26 사태 이전이라 과외가 금지되지 않았던 때라 형편이 되는 읍내 아이들은 대부분 학원에서 국어, 영어, 수학 과외 수업은 기본으로 받고 있었다. 하지만 어려운 형편으로 중학교에 다니는 자체가 버거웠던 나에게는 학원 수업을 받는 호사는 언감생심 그림의 떡이었다.

하지만 나는 학원 수업을 받는 아이들을 부러워하지 않았다. 학교 선생님이 가르쳐주시는 것만으로도 충분할 거라 생각했고, 수업시간에 집중해서 듣고 빼곡히 필기한 노트를 당일 반드시 복습하며 암기하였고, 시간을 일부 할애해 예습을 조금 하고 수업을 들으려 애썼다. 나의 이 같은 공부 방식이 옳다는 믿음은 첫 중간고사를 치고 난 다음 확신으로 바뀌었다. 1979년 중학교 1학년 3월과 4월 월말고사에서 국어, 영어, 수학 세 과목에서 올 100점, 중간고사(5월)에서는 국어, 영어, 수학, 사회, 과학 등 다섯 과목에서 올 100점을 받았다. 학교가 발칵 뒤집혔다. 아무도 예상하지 못했다. 봉현남부국민학교 출신 시골뜨기가 쟁쟁한 풍기읍내 초등학교 출신의 우수한 아이들을 제치고 360명 중 1등을, 게다가 3월, 4월, 5월 연속 1등과 올 100점을 기록했으니 그럴 만도 했다.

부모님의 교육열

여느 부모도 다 그렇겠지만, 나의 부모님은 자식들에 대한 교육열이 특히 높으셨다. 아버지는 가정 형편 때문에 중학교를 1년도 채 못 다닌 터라 배우지 못한 한을 자식들에게 대물림하지 않으려는 의지가 매우 강하셨다. 그렇지만 4남 1녀로 자식이 여럿인지라 큰아들을 학교에 보내면 둘째도 보내야 하는 등 곰비임비 이어졌으니 웬만해선 학비를 감당하기 쉽지 않았다. 더욱이 그땐 의무교육이 아니라 국민학교(오늘날 초등학교)도 기성회비, 수업료라는 이름의 교육비를 내야 했다. 우리 집 재산인 농토라고 해봐야 논밭 몇 마지기가 전부였으니 열심히 농사를 지어 봐야 4남 1녀에 일곱 식구가 입에 풀칠하기도 버거웠다. 농사로 자식들의 수업료와 기성회비까지 감당해야 하는 집안 형편은 갈수록 말이 아니게 나빠졌다.

어린 시절 나는 집안 형편을 제대로 알지 못했다. 철부지 어린아이는 동네 아이들과 노는 데에 주로 관심이 있었다. 어린 철부지라 때가 되면 초등학교에 입학하고 그러다 6년이 지나면 다시 중학교에 입학

새벽 별 보며 들판에 나가셨다가 저녁 달 보고 집으로 돌아오시던 부모님.

하는 줄 알았다. 하지만 막연하게나마 우리 집이 가난하다는 생각은 들었다.

그러다가 여덟 살이 되자 나는 특별한 준비도 없이 국민학교(요즘은 초등학교)에 들어갔다. 얼마나 준비가 안 된 상태였는지 초등학교 1학년과 2학년 때는 '나머지공부'를 해야 했다. 한글(요즘은 국어)도 그랬고, 산수(요즘은 수학)도 그랬다. 학교 정규 수업을 못 따라가 방과 후 남아서 보충수업 혹은 자습을 더 해야 하는 학생이니 요즘 사회 분위기로 본다면 창피해서 고개를 들고 다니지 못할 상황이었다. 하지만 나는 나머지공부를 통해 모르던 것을 익혀 하나씩 알게 되고 이해할 수 있게 되자 나머지공부 시간이 즐거웠다.

요즘은 대개 선행학습 등으로 저만치 앞서 나가는 아이들이 많은지라 방과 후 나머지공부를 해야 하는 학습부진아라면 앞서가는 아이들을 따라잡는 게 불가능할 수도 있다. 그러나 그땐 달랐다. '나머지공부'를 시켜서라도 가르쳐주면 학습한 내용을 스펀지처럼 다 흡수하고 앞서가는 아이들을 따라잡을 수 있었다. 나는 초등학교 저학년 때 나머지공부를 하고 있었지만 4학년쯤 되면 우등상을 받아야겠다고 다짐했다. 아버지도 저학년 때는 공부를 못해도 상관없지만 3학년까지 노력해서 4학년이 되면 형들처럼 우등상을 받으라고 말씀하셨다. 그래서 나는 4학년이 되면 우등상을 받는 것이 우리 집안의 불문율로 이해했다. 이런 모습을 보아도 참 순수한 나였다. 아무튼 이런 다짐은 현실로 되어 4학년 때부터는 반에서 1~2등을 다투었고, 물론 우등상도 받았다.

중학교 1학년 때 5월의 어느 토요일 오후였다. 토요일 오전 수업을 마치고 집에 돌아와서 농사일을 돕던 중이었다. 담배 잎을 따서 건조를 위해 한 움큼씩 새끼줄에 엮는 중에 아버지께서 중학교를 휴학하면 어떻겠느냐고 물으셨다. 큰형이 영남대학교 1학년이었고, 작은형이 대건고등학교 3학년이라 아버지께서는 학비 감당이 버거우셨던 것이다. 나중에 안 사실이지만 아버지께서는 수년 간 가난한 집안 형편에 자식들 공부시킬 걱정으로 내가 초등학교 5학년이던 1977년부터 심한 우울증을 앓고 계셨다.

내가 만약 아버지의 권유대로 휴학을 한다면 나는 분명히 아버지, 어머니를 따라 농사일을 도우러 날마다 들판에 나가야 할 것이고 해

〈사진 왼쪽〉 필자의 부모님이 제주도에서(1992년).
〈사진 오른쪽〉 필자의 풍기고등학교 졸업식날(1985년2월).

질 무렵에야 일을 마치고 집으로 돌아오기를 반복할 것이다. '집으로 돌아오는 길에 하교하는 친구들을 만나기라도 하면 얼마나 부끄러울까' 하는 생각을 하며 자초지종을 묻지도 않고 그럴 수 없다고 단호히 말씀드렸다.

평소 자식들에게 '땅 한 마지기'를 물려주는 것보다 '글 한 줄' 더 넣어주는 게 훨씬 낫다는 지론을 가지고 계셨던 아버지께서 어린 아들에게 휴학을 하라고 얘기하셨다. 돌이켜보면 그때 나의 아버지의 마음이 얼마나 아팠을까. 중학교 1학년 어린 아들이 휴학하는 게 좋겠다고 말씀하실 정도로 아버지의 건강과 집안 형편이 안 좋은 상황에서 얼마나 많은 번민 속에 불면의 날들을 보냈을지 지금은 짐작하고도 남는다. 지금은 아버지의 심정을 충분히 이해할 수 있지만 그때 나는 너무 어린 철부지였다.

다행히 나의 중학교 1학년 1학기 말 성적이 전교 1등이어서 2학기의 기성회비 15,000원 정도를 모두 면제받았다. 이때 나는 공부를 열심히 하면 장학금을 받는다는 사실을 처음 알았고, 부모님의 짐을 조금이라도 덜어 드릴 수 있는데 대해서 스스로 행복함을 느꼈다.

불과 몇 달 전 시골 작은 초등학교를 졸업할 때의 나의 성적으로는 감히 상상도 할 수 없었던 중학교 1학년 1학기의 눈부신 학업성취도에 놀랐고, 더욱이 어려운 가정 형편에 기성회비를 안내도 되는 상황이 너무 좋았다.

은혜를 베풀어 주신 고마운 분들

중학교 입학 후 아침저녁으로 버스를 타고 2십리길(8km)을 통학하는 게 안쓰러워 3월 중순이 되자 부모님은 풍기역전 이모님 댁에 기숙하도록 해주셨다. 이모님은 중학교 1학년 때부터 중학교를 졸업할 때까지 나를 위해 밥을 해주시고 도시락을 챙기셨다. 너무 고마운 분이시다. 당시 단칸방에서 신혼살림을 시작하였던 이모님 댁에서 더부살이하던 나는 4월 중순에 밥은 이모님 댁에서 얻어먹고, 잠은 이모님 댁 바로 옆집의 작은 문간방을 월세로 얻어 해결했다. 이 방은 방 두 칸을 전세 낸 사람이 바깥쪽 문간방 하나를 다시 나에게 세를 주었기에 따지고 보면 흔히들 말하는 '전전대' 개념의 방이었다. 2~3개월을 그렇게 보낸 뒤 여름방학을 맞아 집에서 부모님을 도우며 보냈다.

1979년 여름이 지나고 1학년 2학기가 되어 한두 달 동안 다른 집 방 한 칸을 월세 얻어 지냈던 나는 10월에 다시 여기저기 월세방을 찾아 헤매었다. 그러던 중 이모님 댁에서 약 1km 떨어진 '백동'마을의 정 많고 마음 좋은 할머니를 우연히 만나 방세를 한 푼도 내지 않고 공짜로

〈사진 위〉 중1년 1학기 필자가 지내던 월세집.
〈사진 아래〉 중1년 1학기 필자가 지내던 월세방.

그해 겨울방학이 될 때까지 3개월간 지낼 수가 있었다. 할머니의 따뜻한 마음이 두고두고 너무 고마웠다. 내가 의과대학을 졸업하고 공중보건의사로 있던 1993년에 그 댁을 일부러 한 번 찾아 갔는데 할머니께서는 이미 고인이 되셨다는 말씀을 전해 듣고 매우 안타까워했던 기억이 난다.

정이 많으셨던 할머니는 신학대학을 다니는 전도사님 한 분이 지역교회에 교육전도사로 부임하였는데 내가 쓰던 방을 함께 사용하도록 하셨다. 그 전도사님은 주로 라면으로 끼니를 때웠다. 일견 보기에 나보다 가정 형편이 더 안 좋은 분 같았다. 그는 한 달 가량 머물다 가면서 『갈매기의 꿈』을 비롯한 소책자 두 권을 선물로 주셨는데, 감명 깊게 읽었다. 리처드 바크가 지은 소설 '갈매기의 꿈'에서 주인공 갈매기 조나단 리빙스턴이 어쩌면 그렇게 내 꿈과 맞닿아 있는지…. 다른 갈매기들은 먹이를 찾기 위해 부산하게 날아다니지만 조나단 리빙스턴은 비행이 좋아 저공비행 연습을 하며 멋지게 날기를 꿈꾸지 않는가. 조나단은 갈매기 사회의 오랜 관습에 저항하는 것으로 간주되고 다른 갈매기들로부터 따돌림을 당하고 끝내 무리로부터 추방당하게 된다. 동료들의 따돌림, 그리고 자신의 한계에도 좌절하지 않고 끊임없는 훈련을 통해 완전한 비행술을 터득한 조나단은 마침내 무한한 자유를 느낄 수 있는 초현실의 공간으로 날아올라 꿈을 실현한다. 나아가 조나단은 동료 갈매기들을 초월의 경지에 도달하는 길로 이끈다. 돌이켜보면 그 전도사님의 영향이 큰 것도 같다. 그 전도사님을 다시 한 번 만나보고 싶다.

1980년 중학교 2학년이던 시절, 여전히 나는 숙소가 일정하지 않은 떠돌이 같았다. 중학교 2학년 1학기 때는 고종사촌 박종명 형의 자취

〈사진 위〉 중1년 2학기 필자가 월세 없이 지냈던 집.
〈사진 아래〉 중1년 2학기 필자가 월세 없이 지냈던 방.

갈매기의 꿈(필자 촬영).

방에 얹혀서 더부살이를 하였다. 중학교 2학년 2학기 때에는 중3이던 동네의 차명호 선배의 자취방에 얹혀서 살았다. 물론 월세는 따로 내지 않았다. 참 고마운 분들이다.

나는 형들 복이 유난히 많다고 느낀다. 어려운 형편에도 동생인 나를 먼저 챙겨주는 그런 형들이었다. 내가 중학교 2학년 때부터 중학교를 졸업할 때까지 둘째 형은 입주과외를 하며 번 돈을 떼어 매달 5~7만 원씩 보내주었다. 용돈을 넣은 봉투에는 집안 형편이 어려워 지금은 모두가 힘들지만 열심히 공부해서 성공하자는 내용의 손 편지가 항상 들어 있었다. 둘째 형의 편지를 읽으며 감정이 북받쳐 올라 눈물을 펑펑 흘렸던 기억이 난다.

사춘기 첫사랑

암울했던 나의 중학교 학창 시절, 수십 년이 흘렀지만 나의 기억 창고에 저장되어 있는 그때를 떠올리면 여전히 나를 가슴 설레게 하는 행복했던 기억이 있다. 황순원 작가의 소설 '소나기'에 나오는 시골소년과 서울에서 내려온 윤초시네 증손녀 사이의 애틋하고 순수한 사랑 이야기와 다르지 않다. 사춘기 시절 나의 순수한 짝사랑이었기에 나에게는 상큼하고 달콤한 솜사탕 같은 기억이다.

그녀는 읍내에서 가장 유명한 사진관 집 딸이었다. 얼굴이 정말 예쁜 데다 작문까지 잘해서 백일장을 휩쓰는 그런 여학생이었다. 그녀는 리더십이 넘쳐서 반장을 하고 친구들과도 잘 어울려 지냈으며 매사에 자신감이 넘쳤다. 그래서 유독 많은 남학생들에게 흠모의 대상이었다. 나는 복도에서 그녀와 마주칠라치면 가슴이 쿵쾅거렸고, 멀리서 얼굴만 봐도 마냥 좋았다. 학교를 마치고 자취방에 가려면 지름길이 있었지만 나는 자전거를 타고 빙 둘러 시장 골목을 통과해 그녀의 집 앞을 지나 자취방에 가곤 했다. 혹시 그녀를 볼 수 있으려나 하는 기대

가슴 졸이며 첫사랑의 집 앞을 지나던 순간들.

감으로 가슴 설레며 그녀의 집 앞을 지나곤 했다.

돌이켜보면 거처가 안정되지 않아 '동가식서가숙' 하던 학창 시절이라 몸과 마음이 무척 지쳐 있었다. 대학교를 졸업할 때까지 가난한 형편으로 암울한 시기였고 힘든 시간들의 연속이었지만, 사춘기 첫사랑 덕분에 나는 중·고등학교 시절을 힘든 줄도 모르고 열심히 공부하며 잘 이겨냈던 것 같다.

공부벌레의 기발한 아이디어

나는 공부를 잘했다. 중학교 때 기성회비를 면제받을 만큼 전교 1등 자리를 거의 독차지했다. 그러나 그건 풍기읍내에서나 이름이 오르내리는 우물 안 개구리였다. 그런 내가 중학교 3학년 때 치러진 모의고사에서 최상위권의 성적을 받는 바람에 영주 전체에서 실력을 인정받았다. 학생들은 물론 각 학교 선생님들까지도 '금계중학교 이덕영이 누구야?'라며 설왕설래하였다. 이렇게 선생님들조차도 나를 공부를 매우 잘하는 학생 중 하나로 생각했는데, 특히 모교 수학 선생님은 아이들 앞에서 "덕영이 좀 본받아 봐라"라고 말씀하시곤 했다.

초등학교 저학년 때 '나머지공부'까지 했던 내가 어떻게 영주에서 주목받는 중학생이 되었는지에 대해 많은 사람들이 궁금해 할 것이다. 공부비결이 있지 않을까? 하고 생각할 것이다. 굳이 비결이 무언지 되돌아보자면, 가정 형편상 과외수업을 받을 수 없었기에 수업시간에 집중해서 듣고 열심히 메모를 하는 등 학교 수업에 충실하되, 그날 배운 것은 철저히 복습하고, 시간이 허용된다면 다음 날 배울 내용에 대해 간단한 예습

잠을 쫓기 위해 책상을 천장까지 쌓아 놓고
그 위에 앉아 공부하였던 순간들.

을 하였던 게 전부였다. 지금 생각해봐도 공부하는 데는 그만큼 좋은 방법이 없는 것 같다. 학교 내신 성적에 들어가는 중간고사 혹은 기말고사 시험이란 게 학교에서 수업시간에 담당 선생님이 가르쳤던 내용을 중심으로 출제되는 것 아니겠는가.

중학교 3학년 1학기말 시험을 치르던 한여름 어느 밤의 에피소드 하나를 소개하고자 한다. 시험공부는 어떻게 보면 잠과의 싸움이라고 해도 될 듯싶은데, 그래서 누구나 시험기간 동안은 잠과 싸워 이기려고 한다. 잠을 쫓으며 시험공부에 매진하느라 온갖 방법을 동원하는데, 나의 엉뚱한 아이디어는 상상을 초월했다. 학교 교실에 남아 시험공부에 열중이던 나는 잠이 너무 쏟아져 잠을 쫓으려 이 궁리 저 궁리 끝에 책상 여러 개를 거의 천정 높이까지 쌓고서 그 위에 올라가 공부를 하였다. 높은 곳에서 공부하다가 졸면 땅바닥으로 떨어져 크게 다치니까 떨어지지 않기 위해서 무의식적으로 애쓰면서 잠을 쫓겠다는 발상이었다. 그런 일이 있은 후 그 이야기를 들으신 아버님과 선생님들은 열심히 공부하고자 하는 나의 열정에 크게 감동하셨고, 특히 아버지는 누군가에게 내 얘기를 하실 때는 이 일을 무척 자랑스럽게 가끔 말씀하시곤 하였다. 아무튼 중학교 3학년 어린 나이였지만 나를 잘 모르는 사람들 눈에는 가끔은 너무 엉뚱하게 보이겠지만 무언가 남들과 다소 다른 목표의식 같은 게 있었던 거 같다.

〈사진 위〉 금계중학교 전경.
〈사진 아래〉 필자의 중학교 졸업 사진.

경원고등학교 입학

나는 진학할 고등학교 선택을 두고 크게 고민하지 않았다. 서울 청량리역까지 새마을호를 타면 3시간 30분 정도 걸렸다. '고기는 큰물에서 놀아야 한다'는 인식에서 당시 영주에서 공부 좀 한다고 하는 아이들은 형편이 되면 서울로 진학하는 경우가 흔했다. 애초 나는 중학교 때 휴학을 해야 할 정도로 집안 형편이 어려웠던지라 고등학교에 진학하는 것만으로도 만족하였고, 생활비 등을 감안하면 당연히 지역의 고등학교 가운데 하나를 선택해야 했다. 부모님 역시도 위로 형제들이 모두 대학생이라 학비와 생활비가 버거워 셋째는 풍기읍내 혹은 영주 시내의 고등학교로 진학하는 게 당연하다고 은연중에 생각하시는 것 같았다.

하지만 둘째 형의 적극 권유로 나는 대구로 고등학교를 진학할 수 있었다. 둘째 형은 내가 공부를 잘하는 데다, 형들이 대구에서 대학을 다니고 있으니까 형편상 힘들어도 어떻게 해보자며 부모님을 설득하였다. 그리하여 1981년 11월 말에 대구 대륜고등학교에서 고입연합고

〈사진 위〉 경원고등학교 총동창회 가족 체육대회(2016년 10월 9일).
〈사진 아래 왼쪽〉 경원고등학교 이진률 교장선생님, 이동필 선생님(2016년 10월 9일).
〈사진 아래 오른쪽〉 경원고등학교 7회 동기생들과 함께(2016년 10월 9일).

사를 치렀다. 나는 200점 만점에 191점을 받았는데, 영주에서 대구로 온 아이들 가운데 최고 점수를 받았다.

일명 뺑뺑이(무작위 추첨 배정 방식)를 돌려 경원고등학교에 배정되었다. 경원고등학교는 설립된 지 10년도 안 된 신생학교로 후에 알고 보니 경북의 시군에서 대구시내로 유학 오는 시골학생들이 많이 배정되었다. 나의 연합고사 성적 191점은 경원고등학교 입학생 690명 가운데 겨우 20등에 해당되는 사실을 나중에 알 수 있었다. 나는 영주에서 공부를 잘하는 대표학생 중 한사람이었기에 훨씬 큰물이었던 대구로 내려와서도 여전히 잘할 수 있다는 자신감이 있었고, 계속 잘하고 싶다는 열망이 강했다. 나는 고등학교에 입학하기 전에 치러지는 모의학력평가고사를 대비해서 겨울방학에도 쉬지 않고 일찍이 대구로 내려와 주로 두류도서관에서 공부했다.

대개 새벽 6시에 집에서 나가 도서관에 도착하여 도서관 열람실이 열릴 때까지 약 1시간 정도 줄을 서서 기다리다가 문이 열리면 들어가 저녁 9시까지 공부했다. 그렇게 열심히 준비한 모의학력평가고사에서 수학은 5문항 가운데 2문항을 풀어서 겨우 40점을 받고 나는 심한 충격을 받았다. 중학교 때 수학은 정말 자신 있다고 믿었는데 고등학교 수학은 너무 어려웠던 것이다. 하지만 나는 실망하거나 포기하지 않고 고등학교 1학년 내내 열심히 노력했다. 그 결과 1학년 2학기 기말고사 성적은 전체 690명 가운데 7등으로 2학년에 올라갈 실력이 되었다.

유학생遊學生의 더부살이

유학생(외국에서 하는 유학은 '留學', 타향에서 하는 유학은 '遊學'으로 쓴다)들이 대게 주거문제로 이런저런 고생을 하지만 돌이켜보면 우리 형제들의 고생은 이루 말할 수 없었다. 크게 돈이 되지 않는 논농사, 밭농사로 생계를 잇는 시골에서 '유학(遊學)'을 시키며 학비와 하숙비를 대려면 허리가 휜다. 그래서 사돈에 팔촌까지 아는 집을 찾아 염치불구하고 아이를 맡겼다. 그래서 그런 더부살이가 주변에도 많았을 거로 짐작한다. 그렇지만 남의 집 더부살이라는 게 생각만큼 쉬운 일이 아니다. 눈치코치 봐가며 주인의 눈 밖에 나지 않으려고 애를 써야 한다. 더부살이를 하는 사람도 힘들지만 집주인 입장에서도 아이를 맡긴 일가친척에게 혹 섭섭하게 하면 안 된다는 생각에 이런저런 신경을 쓰느라 힘들기는 마찬가지다. 대놓고 말은 못하지만 서로 불편한 것이 한두 가지가 아닐 것이다. 나는 중·고등학교, 그리고 대학 시절 내내 더부살이를 했다고 해도 틀리지 않은 것 같다.

대구에서 고등학교를 다니는 동안 가장 어려웠던 점은 역시 주거

문제였다.

하숙이나 자취를 할 수밖에 없는 상황이었지만 집안 형편이 넉넉하지 않아 늘 고민거리였다. 당시 경북대학 경영학과 2학년에 다녔던 둘째 형이 대구 대명7동 시민고등학교 앞에 위치한 단독주택에서 입주과외를 하고 있었다. 입주과외란 가르치는 학생의 집에 함께 기숙하면서 가르치는 것을 말하는데, 숙식이 해결되고 생활비도 줄일 수 있어서 지방에서 도시로 온 가난한 대학생들에게는 좋은 아르바이트 자리였다.

평소 어려운 이웃을 돌아보고 인정이 많으셨던 대명동 어머니 이외남님(당시 작은형이 입주과외를 하던 댁 어머니)은 둘째 형의 간곡한 부탁과 함께 딱한 나의 처지를 감안하여 나의 둘째 형, 그 댁 장남(나보다 한 살 어린 동생이지만 친구로 지내고 있는 정철원)과 내가 한 방에서 지내도록 허락하셨다. 그 댁에는 방이 네 개 있었는데, 부모님과 2남 1녀의 자녀들이 각각 하나씩을 사용하였다. 내가 거처할 방은 책상 두 개와 장롱이 들어가 있는 좁은 공간이었다. 공부할 때 반상 두 개를 펴면 사람이 겨우 지나다닐 정도의 공간이 남았다. 둘째 형과 철원이를 포함해 셋이 겨우 누울 수 있는 공간이었다.

여러 가지 궁리 끝에 나는 나의 바이오리듬에 최대한 맞추어 생활하는 방법을 택했다. 나는 중학교 시절부터 초저녁잠이 많았다. 저녁 9시가 되면 나는 어머니 댁의 거실 소파에서 잠을 청했다. 가끔은 어머님, 아버님이 기거하시는 큰 방에 가서 자기도 하였는데, 서너 시간을 자고나면 어머님도 주무셔야 하기에 나를 깨우셨다. 새벽 한두 시가 되고 공부를 마친 둘째 형과 큰아들 철원이가 잠드는 시간이었다. 어

둘째 형이 입주과외 하던 집에 얹혀 살면서
방이 비좁아 책상에 엎드려 잠을 청하여야만 했던 아련한 추억.

머니는 아들이 공부하는 동안 새벽까지 곁에서 뜨개질을 하시거나 책을 읽으며 아들의 곁을 지켜주셨다. 나는 새벽 한두 시에 일어나 둘째 형과 큰아들 철원이가 잠든 방 책상 위에서 스탠드를 켜고 공부를 하다 대여섯 시가 되면 책상 위에 엎드려 한두 시간 다시 눈을 붙이고 일어나 학교 갈 준비를 하곤 하였다. 그런데 공간이 좁고 책상 위에서 엎드려 자다보면 흔히 다리에 쥐가 나서 고통스러웠던 기억이 난다.

대명동 어머님 이외남, 아버님 정향식, 두 분이 내게는 정말 큰 은인들이시다. 내가 많은 어려움 속에서도 이렇게 성장할 수 있었던 건 모두 이런 은인들이 계셨기에 가능했다. 둘째 형이 입주과외를 하는 상황에서 불필요한 혹 같은 존재인 동생을 집안에서 함께 거주하도록 해주었고, 고등학교 1학년 때 1년간 빨래는 물론, 매일 도시락 두 개를 싸 주시면서 지극정성으로 보살펴 주셨으니 정말로 은인이다.

둘째 형이 입주과외를 하던 대명동 어머님 댁에서 더부살이로 기숙하던 나는 2학년이 되어 큰형님 댁으로 거처를 옮겨야 했다. ROTC장교로 군에서 복무하던 큰형님이 대구로 발령이 나 산격동 군인아파트에 거주하게 되었다. 그때 큰형님은 신혼이었는데, 형수가 얼마나 불편했을까. 고맙고도 미안한 마음이 든다. 당시 큰형과 큰형수는 맞벌이를 하는 주말부부였다. 큰형님은 대구대학교 ROTC 교관이었다. 큰형님이 출근할 때 함께 나와 송현동까지 버스로 한 시간 반 이상 걸리는 먼 거리를 등하교했다. 버스에서는 가급적 잠을 청하고 집이나 학교, 도서관에서 더욱 집중해서 공부하는 방식으로 시간을 아끼려 애썼다. 가끔 큰형님이 근무하던 대구대학교를 들렀는데, 학교 앞 식당에서 백반 정식으로 함께 식사했던 기억이 난다.

유학생遊學生의 학교생활

고등학교 시절 나는 공납금을 제때 납부해 본 적이 없었다. 미납자 명단에 단골로 올라갔고, 담임선생님으로부터 가끔 독촉을 받았다. 미안함을 느꼈지만 부끄럽지는 않았다. 오히려 어렵게 공부하는 만큼 한눈팔지 않고 더욱 독하게 공부하자는 각오를 다지곤 하였다.

1학년 말에 문·이과를 나눴다. 어린 시절부터 아버지는 내가 판사 혹은 의사가 되기를 바라셨다. 나는 판사가 되겠다며 문과를 지원했다. 판사가 되겠다는 건 전적으로 아버지의 영향이었다. 그런데 큰형님이 다시 한 번 생각해보라고 했다. 법대 들어갔다가 사법고시에 패스하지 못하면 평생 월급쟁이밖에 못한다고 했다. 차라리 이과로 가서 의대를 가는 게 훨씬 나을 거라 했다. 큰형님의 조언을 듣고 고등학교 2학년 1학기가 시작되기 직전 나는 다시 이과를 선택했다.

고2 때 나는 정말 공부밖에 몰랐다. 자나 깨나 공부였다. 그 결과 나는 전국 모의고사 석차가 500등(60~70만 명)을 기록할 정도였다. 학교 내신 성적은 이과 전체 400명 가운데 성적이 계속 1~3등을 유지

했다. 당시 문과보다 이과에 공부 잘하는 아이들이 훨씬 더 많이 몰렸는데, 이 정도 성적이니 공부를 잘했던 건 맞다. 물론 내가 모든 과목을 다 잘한 건 아니다. 예체능은 젬병이었다. 특히 그림은 정말 못 그렸다. 미술시간이면 넋을 놓고 있기 일쑤여서 가끔은 미술 선생님이 책상머리를 지나시다가 도와주셨다. 음악이나 체육 역시 달리 얘기가 필요 없었다. 그런데 나의 두 딸이 지금 대학에서 방송연예와 연극영화를 전공하고 있는 사실만 보더라도 내가 예체능에 전혀 소질이 없는 건 아니라고 믿는다. 시골에서 태어나고 자라 어린 시절 예체능의 잠재된 소질을 일깨울 기초적인 학습마저 받지 못했기 때문이라 생각한다.

고3병, 급성 십이지장궤양 출혈

고3이 되니 마음이 바빠졌다. 큰형님과 형수의 배려로 고등학교 인근에서 하숙을 했다. 그런데 하숙집 룸메이트가 공부에 관심이 없던 후배라 오히려 이런 저런 방해가 많이 되었다. 더욱이 3월부터 날이 따뜻해지자 점심이든 저녁이든 밥을 먹기만 하면 식곤증이 몰려와 공부에 집중하지 못하였다. 열심히 공부하여야 한다는 강박관념과 열의는 있었지만 체력이 떨어져 몸이 받쳐주지 못했다. 그렇게 되니 마음마저 불안해졌다. 그 바쁜 와중에 TV드라마 시청으로 마음의 긴장을 덜어내려고 하는 자포자기 혹은 일종의 도피의식도 생겼다. 지금 생각하면 이 모든 일련의 과정이 고3병이었다. 과도한 불안, 긴장에 따른 우울감이 바로 고3병의 정체이다. 이런 방황은 곧바로 성적에 영향을 미쳤다. 고2 때 최고의 성적을 기록하였던 내가 고3 1학기 중간고사에 들어서 전체 8등으로 밀려났다. 1학기 내내 고3병은 지속되며 나를 괴롭히고 성적에 대한 불안감은 지속되었다.

거기에 더해 1학기 기말고사 때 드디어 큰 일이 터지고 말았다. 기말고사는 보통 1주일 동안 치러지는데, 시험 마지막 날인 1984년 7월 첫째 주 토요일이었다. 전날 밤새 설사와 메스꺼움을 반복하며 나는 화장실을 들락거렸다. 배탈이 심하게 난 줄 알았다. 기력이 많이 떨어졌지만 마지막 시험은 치러야 했다. 이른 아침 약국에 들러 증상을 얘기하고 약을 사 먹었지만 효과는 별로 없었다. 몸이 불편하였지만 참아가며 3교시 시험까지는 무사히 마쳤다. 하지만 마지막 4교시 시험을 보던 중 메스껍고 식은땀이 흐르면서 정신이 혼미해지고 마치 쓰러질 것 같았다. 그래도 답안지는 끝까지 마무리하여야 한다는 생각에 억지로 정신을 차리려고 노력하며 겨우 시험을 마치고는 화장실로 쫓아가다가 결국 복도에서 나는 한동안 정신을 잃었다. 정신이 들어 운동부였던 친구(육상선수 최태곤)의 부축을 받아 화장실에 가서 토했는데, 뭔가 검붉은 액체와 시커먼 덩어리가 대량으로 쏟아져 나왔다. 핏덩어리였다. 위장 안에 출혈이 있는 경우 혈색소 내의 철분과 위산이 반응하여 자장면 색깔로 변하게 되는데 시간이 흘러 응고된 핏덩어리와 위액, 음식물이 뒤엉켜 있었다. 그날 마침 큰형의 볼일 때문에 대구에 내려오셨던 아버지와 둘째 형이 급하게 학교로부터 연락을 받고 달려왔다. 택시를 타고 가장 가까운 영남대학교병원 응급실로 이송되었다. 급성 십이지장궤양 출혈로 진단되었다. 병원 응급실에 도착하면서 나는 다시 정신을 잃었는데, 응급실 창가에 어둠이 내리던 초저녁 무렵에 정신이 돌아왔다. 눈을 뜨니 팔에는 링거와 수혈을 하고 있는 라인들이 여럿 꽂혀 있었고, 아버지와 형들이 걱정이 가득한 눈빛으로 머리맡을 지키고 있었다. 담당 교수는 만약 출혈이 멈추지 않으면 수술

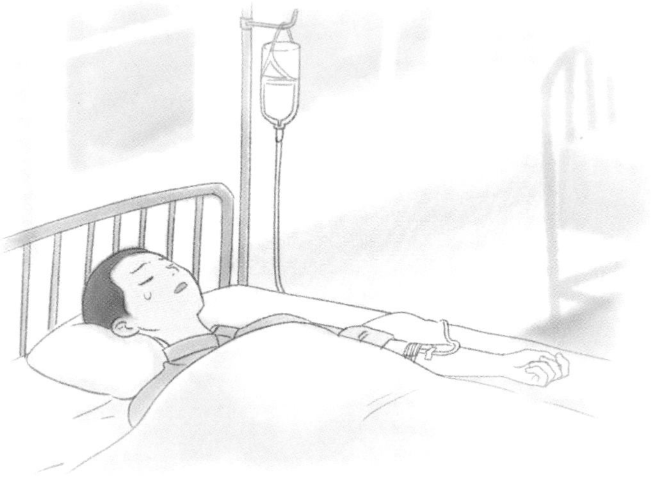

고3 1학기 기말고사 끝나던 날 급성 십이지장궤양 출혈로 영대병원 응급실 입원.

까지 해야 한다고 했다. 다행히 약물 치료로 출혈이 멈추어져 수술을 하지 않았고, 금식과 함께 수액을 맞으면서 1주일간 입원치료 후 퇴원할 수 있었다. 그때 주치의가 1985년 내가 영남대학교 의과대학에 입학했을 때 의예과 학생들의 지도담당 정문관 교수님이셨다. 나는 후일 영남대학을 휴학할 때 정문관 교수님의 허락을 받아야 했다.

모험: 고3 전학

고등학교 3학년 1학기 기말고사를 이렇게 난리법석을 떨며 치렀지만 그래도 기말고사 성적은 그럭저럭 나왔던 거 같다. 병원에 입원했을 정도로 몸이 말이 아니었는데 오직 굳센 의지로 잘 견디어 냈다. 문제는 건강 상태가 빨리 호전되지 않는 데 있었다. 시간이 점차 흐르면서 이게 또 다른 심리적 부담으로 작용하기 시작했다. 이러다 대학시험에 실패하는 건 아닐까 하는 조바심이 나기 시작했다.

1984년 7월 초, 병원에 입원해 있는 동안에도 나는 손에서 책을 놓지 않았다. 효율성은 떨어지더라도 책을 들고 있지 않으면 불안했기 때문이다. 퇴원 후에는 쉬엄쉬엄 공부와 휴식을 병행하려 하였지만 마음 한구석에는 불안감이 엄습해 왔다. 다른 아이들은 학교에서 밤늦게까지 공부하고 있을 텐데 고3생이 열심히 공부하지 않고 있다는 자격지심 때문이었다. 나는 몸도 제대로 추스르지 못한 상태로 집 근처 독서실을 다녔다. 고3생들은 여름방학도 없었지만 건강상 학교까지 가는 게 힘들어 학교에 특별히 허락을 득했다. 하지만 독서실에서 수험생의 자기관리는 생각만큼 쉽지 않았고, 공부의 효율성은 그리 높지 못했다. 그러니 내가 받는 심리적 압박감은 더욱 커졌다.

이런 불안감에서 하루하루를 보내던 중, 나는 둘째 형으로부터 대학에 입학한 뒤 장학금을 받을 수 있는 방법이 있다는 얘기를 들었다. 당시 새마을운동중앙회(회장 전경환)에서 전국의 농어촌 해당 시·군 출신 학생들 가운데 성적 최우수자에게 4년 혹은 6년간 전면 장학금을 준다는 것이었다. 건강이 좋지 않아 공부를 해도 효율성이 떨어지고 있어 불안하던 시기였고, 대학을 가더라도 집안 형편을 생각하면 등록금 문제도 고민거리였던 터라 솔깃한 정보였다. 대구에 있는 고등학교에서 성적이 최상위권이었던 내가 영주로 전학 가면 새마을장학금을 받을 수 있을 거라 생각했다. 영주에서 단 한 명에게 주어지는 것이라 장담은 못하지만 '영주에서 1등을 하면 되는 거 아닌가'라는 생각이 들었다. 당시 상황에서 내게 더 좋은 대안은 없었다.

대구 남구 송현동 소재 경원고등학교에서 3학년 1학기를 마친 나는 결국 또 다른 모험을 했다. 1984년 8월 18일 나는 2년 반 동안의 성적 증명서를 포함한 전학 관련 서류 일체를 떼어 풍기고등학교로 갔다. 이렇게 나는 모교가 경원고등학교에서 풍기고등학교로 바뀌게 되었다. 나는 영주에도 학교가 여럿 있었지만 고향집에 가까운 풍기고등학교를 선택했다. 나는 중학교까지 풍기에서 다녔던 터라 새로 전학을 간 풍기고등학교에는 더러 아는 얼굴들이 있었다. 오랜만에 다시 만난 친구들은 나를 반갑게 맞아주었고 내게 잘 대해 주었다. 풍기고등학교는 여느 시골 고등학교와 다를 바 없는 분위기였다. 소수의 열심히 공

경북항공고등학교 전경(필자가 졸업한 풍기고등학교).

부하는 아이들을 제외하면 대부분 학생들이 공부에는 그다지 관심을 갖지 않는 분위기였고, 6개 반 중 5개 반은 문과이고, 이과는 단 한 반이었다. 졸업 후 대학에 진학하는 숫자보다는 취업의 길로 들어서는 숫자가 훨씬 많았다. 남녀공학이라 남·여학생이 스스럼없이 어울려 지내는 모습은 3년 가까이 남자 고등학교를 다닌 나에게는 인상적이었다.

이런 모습의 시골학교에 전학을 간 나는 잘 적응하지 못했다. 공부에 그다지 관심이 없던 대부분의 학생들에게 대구에서 전학 온 공부 잘하는 친구는 그저 흥미와 이야깃거리의 대상이었으리라. 하지만 대학 입학을 목표로 열심히 공부해왔던 상위권의 아이들에게는 나의 전학이 결코 반갑지만은 않은 상황이었다. 내가 전학 오는 바람에 한 등급씩 내신 성적이 떨어지는 결과가 빚어지게 생겼다. 대입수능시험이 얼마 안 남은 3학년 2학기에 어떤 놈이 전학 와서 자신의 내신등급을 끌어내린다고 생각하면 그들에겐 나의 전학이 그리 달갑지 않았으리라. 결과적으로 본의 아니게 민폐를 끼치게 된 나를 유일한 이과 반이었던 3학년 4반의 착하고 배려심도 많았던 친구들은 졸업할 때까지 나를 따뜻하게 대해 주었다. 지금도 우리는 수년에 한 차례 정도 반창회를 한다.

내가 새로운 환경에 제대로 적응하지 못해서 대입시험을 망칠 수도 있다는 사실은 처음 전학을 제안했던 둘째 형이나 부모님 그리고 나를 비롯한 누구도 예측하지 못한 사항이다. 그저 의과대학에 진학하는 경우 6년간 전면 장학금을 받을 수 있다는 장밋빛 환상에 젖어 여러 면에서 깊이 생각지 않고 성급하게 전학을 결정해버린 게 아닌가 하고 후회를 하는 데는 그다지 많은 시간이 필요치 않았다. 학교생활도 사회생활과 같아서 외톨이로 지낼 수는 없었다. 공부만으로도 빠듯한 시간들을 쪼개가며 반 아이들과 어울리려 노력을 해야 했고, 이런 저런 일들로 시간을 빼앗기니 정서적으로 흐트러지고 집중이 잘 되지 않았다. 하지만 루비콘 강을 건넜기에 달리 선택의 여지가 없었다. 갑자기 환경이 바뀌면 적응하지 못해 성적이 기대한 만큼 나오지 않을 수 있다는 예측을 하지 못했다. 아울러 가난한 형편을 감안하여 전학으로 새마을 장학금을 타려고 목표하는 대신에 최선을 다해 시험을 치르고 결과에 맞춰 장학금을 받을 수 있는 학교를 선택하는 방법이 더 나을 수 있다는 생각을 못했다.

당시 목표는 서울의대 진학이었다. 하지만 학력고사 결과는 '완전히 망쳤다'라는 표현이 적절하리라. 320점 만점에 273점을 얻었다. 학력고사는 안동에서 쳤다. 시험 하루 전날 나는 안동으로 가서 여관에서

잤는데, 환경이 바뀌고 시험 전날이라 그런지 잠을 설쳤다. 아무리 애써도 도무지 잠이 오질 않았다. 잠을 거의 못 자서 멍한 상태에다 시험을 잘 보아야 한다는 중압감이 더해져 불안이 엄습해오는 가운데 시험 문제가 제대로 눈에 들어오지 않으니 시험을 잘 볼 수 없는 것은 당연했다. 이때의 경험이 나에겐 심한 트라우마로 남아 있어 나는 요즘 진료를 하면서 수험생들에게 미리 충분한 수면을 취하면서 컨디션을 조절할 수 있도록 상담해준다. 입시에 대한 과도한 불안감으로 잠을 설치는 학생이나 내성적이고 소극적인 학생들에게 때로 수능시험을 보기 수일 전부터 수면제를 처방하고 단계별로 복용량을 조절하여 수험생들에게 충분한 수면을 취하도록 도와주고 있는데, 대체로 많은 도움이 되었던 것으로 판단하고 있다.

아무튼 이렇게 불만족스러운 학력고사 성적표를 받아 든 나는 고민에 빠졌다. 새마을운동본부 장학금도 물 건너가고 형편상 서울쪽의 대학은 고려 대상이 못되니 무조건 형들이 있는 대구의 의과대학 가운데 하나를 선택해야 했다. 고민을 거듭하다 성적에 맞추어 나는 영남대학교 의과대학에 입학원서를 넣었다. 원서를 내면서도 마음에 걸린 점은 사립대학이고 등록금이 매우 비싼 학교로 소문이 나 있는 것이었다. 1985년 2월 당시 영남대학교 의예과 입학금과 수업료를 합쳐 약 75만 원을 마련하느라 우리 집 재산의 대표 목록이던 황소를 팔았다. 의과대학에 합격하였지만 난 전혀 즐겁지가 않았다. 앞으로 의과대학 6년을 졸업할 때까지 등록금과 생활비를 마련할 걱정이 태산이었기 때문이다.

제2부

■

청년기 이덕영 이야기

또 한 번의 모험: 재수再修생활

나는 또 한 번의 모험을 감행한다. 당시 영남대학교에는 입학성적 우수자에게 4년 혹은 6년 동안 전면 장학금을 주는 '천마장학생' 제도가 있었는데, 이걸 목표로 다시 도전해보기로 했다. 천마장학생이 되려면 학력고사 점수가 290점 이상이어야 하는데, 재수해서 이 정도는 충분히 해낼 수 있을 거라 믿었다. 부모님과 상의 후 나는 재수생이 되었다.

재수생활은 서울의 종로학원이나 대성학원에서 하는 학생들이 많았지만 나는 1985년 3월말 형편상 대구 중구 삼덕동 소재 일신학원에 등록했다. 일신학원 서울대반에서 재수를 시작한 후 매월 치러지는 모의고사에서 우수한 성적을 거두어 학원 수업료를 대부분 면제 받으며 학원을 다녔다.

그런데 학원은 규율이 엄하고 선생님들의 권위가 있는 학교와 달리 통제 기능이 없어 학생들이 얼마든지 나태해지기 쉬운 구조였다. 3월말 학원을 등록하던 시점과 달리 시간이 흐르면서 공부하는데 집중력

1985년 1년간 기숙하며 공부하였던 좁고 열악한 독서실 풍경.

이 떨어지고 나태해졌다. 시간이 지날수록 성적이 크게 늘어야 하는데 큰 차도가 없었다. 나는 나름대로 특단의 조치를 강구했다. 학원 근처 독서실에서 공부하기 시작했다. 식사는 학원 근처 식당들에서 월식사로 해결하며 독서실에서 공부에 매진했다.

당시의 독서실은 요즘 가끔 뉴스에서 보는 고시원보다 훨씬 열악한 환경이었다. 공부하는 시간은 길지만 능률이 크게 오르지 않는 구조였다. 여러 사람들이 밀폐된 공간에서 함께 공부하다보니 실내에 이산화탄소가 증가되고 산소 공급 부족으로 쉽게 나른해지고 집중력이 떨어지게 된다. 머릿속이 멍한 상태로 책을 붙잡고 있어 봐야 능률이 오르지 않았다.

이렇게 시행착오를 반복하는 가운데 결국 나는 재수에서도 실패를 맛보았다. 학력고사 성적이 285점이었다. 내가 목표하였던 영남대학교 천마장학생은 물 건너갔다. 이 성적이면 경북대학교 의과대학도 진학은 가능한 정도였지만 안정적인 등록금 마련이 우선이었다. 더욱이 1980년부터 과외금지령이 내려져 있는 터라 학비와 생활비 마련은 장학금을 받는 길이 가장 쉬운 방법이었다. 나는 계명대학교 의과대학을 선택했다. 계명대학교에서는 6년간 전면 장학금과 소정의 생활비를 지원해주는 조건으로 나의 입학을 허가했다.

새로운 둥지

여러 곳을 돌고 돌아 그야말로 우여곡절 가운데 나는 비로소 '의과대학생'이 되었다. 내가 의대를 졸업하려면 가장 중요한 부분이 등록금 해결이란 점을 감안하면 학력고사에 실패했지만 계명대학교 의과대학에 전면장학생으로 진학한 것은 매우 다행스러운 일이었다. 생활비는 또 어떻게 뭐라도 아르바이트를 하면 해결할 수 있어 부모님께 손을 크게 안 벌리고도 의과대학을 다닐 수 있다는 계산이었다.

나의 힘들었던 성장과정, 고등학교 전학, 영남의대 입학, 학원 재수, 계명의대 재입학 등 이런저런 나의 삶을 지켜봐온 사람들은 의과대학도 서열이 있을 터인데 서울의대를 목표로 하던 사람이 목표로 하던 의과대학을 가지 못해서 아쉬웠던 때가 없냐고 가끔 내게 묻는다. 물론 우리 사회가 지독한 학력지상주의를 추구하다 보니 그런 질문도 가능하다.

학력은 평생을 따라다니는 '주홍 글씨' 같다고 사람들은 생각한다. 하지만 나에게 솔직히 학력 콤플렉스 따윈 없다. 그때도 그랬고 지금도 그렇다. 일명 SKY 대학을 나오고도 놀고 있는 사람이 얼마나 많은

가. 여러 형편과 이유로 지방대학을 졸업한 지방대학 출신들이 우리 사회의 여러 분야에서 얼마나 많은 두각을 드러내고 있는가. 나는 나를 훌륭한 의사로 만들어준 계명대학교 의과대학에 대한 감사와 계명인이라는 사실에 무한한 자부심을 갖고 있다. 당시 형편에 나로서는 달리 선택의 여지도 없었다.

그런데 입학성적 우수자에게 주는 장학금은 그냥 주어지는 것이 아니었다. 전 과목 평점이 B+ 이상이어야 한다. 단 한 과목도 B 이하의 성적을 받으면 장학금 혜택은 없어진다. 물론 그런 전제 조건이 달린 것에 대해 충분히 이해한다. 입학할 때 성적 하나만으로 의대 6년의 장학금을 보장한다면 공부 안 하고도 장학금 받으며 학교를 다닐 수 있다는 말이 된다. 대학에서 장학금을 주는 취지는 공부를 잘하는 학생을 유치하여 학교의 위상을 높이고, 나아가 이 학생을 잘 교육하여 사회에 필요한 훌륭한 인재로 만들어 대학의 위상을 높여달라는 뜻이다. 그러므로 입학할 때 성적이 좋았다는 이유 하나만으로 장학금을 계속 지급하는 걸 대학이 결코 바라지 않는다. 그런데 생활비를 벌기 위해 아르바이트를 해야 하는 상황에서 의과대학에서 B+ 점수를 유지하기가 쉽지 않았다.

나는 그때 방황할 시간조차 없었다. 의대 공부가 바깥에서 생각하는 것보다 훨씬 어렵고 힘들다. 생활비와 책값(의대 책값은 특히 비싸다)을 벌기 위해서는 별도로 아르바이트를 해야 했다. 그런데 아르바이트를 하면서 생활비는 벌었지만 대신 줄어든 공부시간 만큼 커버하기 위해서는 남은 나의 모든 시간을 공부에 전념해야 했다. 그러다보니 동기생들과 어울릴 시간이 나질 않았다. 의과대학 동기생들은 미팅과 서클활동을 포함해 다양한 취미 활동을 열심히 하며 낭만적인 대학생활을 보내는 것 같았지만 나에게는 먼 나라 이야기였다.

방학에도 나는 쉴 수 있는 시간이 없었다. 가능하면 한 푼이라도 벌어야 다음 학기를 다니는데 불편함을 최소화 할 수 있었다. 국가근로학생으로 신청해 여름과 겨울방학에 나는 파출소에서 야경을 돌았다. 야경(야간 경비의 준말)이란 야간에 관내를 순찰하는 경관들과 동행하는 것을 말하는데, 다른 아르바이트보다 시급이 두 배 정도로 좋았다. 아마 당시 한 시간에 1,500원 내지 2,000원을 준 걸로 기억한다. 국가근로, 그리고 야경은 가정 형편이 어려운 대학생들에게 인기 있는 아르바이트 자리였다. 지원하는 학생들이 많은 경우에는 학생들의 가정형편과 성적 등을 엄격히 고려하여 선발했다.

한편 나는 20대 청년기에도 봉사하는 일에 관심이 많아 바쁜 시간을 쪼개 남산동에 있던 야학에 자원하여 가르쳤다. 나와 비슷한 나이의 젊은이들이 가정 형편으로 진학하지 못하고 낮에는 돈을 벌기 위해 공장에서 일을 하고 야간에는 공장에서 퇴근해 피곤한 몸을 이끌고 공부를 하고 있었다. 야학생들 가운데는 나보다 나이가 많은 분들도 여럿 있었다. 여기서 나는 영어와 수학을 가르쳤다. 형편이 어려워 학교를 다니기 힘들었던 가난한 직공들과 함께 한다는 게 여간 보람이 넘치는 게 아니었다. 하지만 이런 봉사도 본과에 올라가서는 도저히 시간을 낼 수 없어서 그만두어야 했다.

계명의대 의학과 생활

난 어느새 의과대학 본과생이 되었다. 의과대학 본과생의 학습량이 얼마나 엄청난지는 의사들만이 알 수 있다. 의과대학을 졸업하기까지 본과 공부 4년 동안 아마도 수백 번의 시험을 치렀던 거 같다. 군대생활로 치자면 엄청난 훈련과 체력이 요구되는 해병대 혹은 특전사처럼 의과대학 본과생들에게도 엄청난 집중력, 인내력, 그리고 체력이 요구된다.

나는 의예과 2학년 여름방학이 되면서부터 본과 공부를 위한 준비를 했다. 의대생들은 누구나 그렇게 한다. 나는 본과 공부의 어려움에 대한 수많은 이야기들을 들어왔던 터라 정신을 바짝 차려 준비하지 않으면 유급되어 동기들로부터 낙오될 수 있다는 두려움이 컸다.

의대 6년 중 의예과 2년은 교양과정이고, 제대로 된 의학 공부는 본과에서 시작한다. 본과 준비의 출발점은 '골학(骨學, Osteology)' 공부였다. 골학은 의학과를 시작하는 데 있어 가장 대표적인 과목이고, '인체를 이루는 수많은 뼈에 대해 배우는 학문'이다.

골학 공부라는 게 인체의 206개 뼈(몸통 뼈대 80개, 팔다리 뼈대 126개)의 이름과 기능들을 무조건 암기하여야 했는데, 이게 그리 쉬운 일이 아니었다. 거기에 더해 뼈에 어떤 인대와 근육이 붙어 있는지, 인접해서 어떤 신경이 지나가는지, 어떤 동맥과 정맥이 영양을 공급하는지 등등 뼈를 둘러싼 연관된 중요한 구조물에 대해서도 이해하고 암기를 해야 했다.

골학은 출신고교 선배들이나 동아리 선배들이 본과에 올라오는 후배들에게 OT(오리엔테이션의 약자)를 해주는 방식으로 10여 개 그룹으로 나눠져 진행되었는데, 1주일씩 여관에서 합숙하면서 진행하는 그룹도 있었다. 나는 계명의대 CMF 소속 동기들과 골학 OT를 받았는데 외워야 할 분량이 너무 많아 진땀을 흘렸던 기억이 생생하다. 그렇게 의학 공부의 맛보기에 불과한 골학에서부터 나는 매우 당황했다. 그 후 접한 해부학, 생리학, 생화학 등 본과 1학년 과정의 여러 과목들은 나를 더욱 당황시키며 곤란에 빠뜨렸다. 난해하고 방대하기가 의예과 과정과 차원이 달랐다.

여기에 나는 체력마저 신통치 않아 공부하는데 늘 애를 먹었다. 사실 의예과 2년간 학점이 4.5점 만점에 평균 4.35였을 정도로 열심히 공부했고, 대학생의 낭만을 누려보지도 못했지만 만족했다. 의예과 시절 학교 공부에, 아르바이트에 촌음을 아껴가며 동분서주하였던 터라 건강을 챙기지도 못했고, 먹는 것도 부실하여 늘 약골이었기에 의학 공부를 해내는 일조차 엄청난 인내의 결과였다.

하지만 동기들은 준비를 알차게 하는 걸로 보였다. 스타트 라인에서 호기롭게 치고 나가는 스피드가 나를 주눅 들게 하였다. 나는 의예과 공부를 밑천으로 본과 1년을 그런대로 버텼다. 당시 계명대학교 의과대학 교수님들은 학생들의 성적을 짜게 주는 편이었는데 학생들의 평균성적이 C+(75점)라는 말이 있었다. 입학성적우수자 장학금을 계속 받으려면 평균 B+ 이상이 되어야 하는데, 만약 장학금을 받지 못하면 어떻게 해야 하나 고민이 많았다. 당시 입학비사장학생들이 많아 장학금을 줄이려고 정책적으로 학점을 짜게 준다는 그런 소문도 있었다. 사실 그렇지는 않으리라 믿지만 장학금을 놓치게 된 학생들 입장에서는 별의별 생각이 들게 마련이다.

우려했던 대로 본과 1학년 2학기 중간고사와 기말고사 성적 합계가 장학금을 받을 수 있는 평점 85점을 넘기지 못해서 나는 본과 2학년 1학기 장학금을 받지 못했다. 많이 답답하고 내 자신이 한없이 무기력하게 느껴졌다. 공부한다고 나름 애를 썼음에도 성적이 제대로 나오지 않았으니 머리가 나쁘거나, 노력이 부족했거나, 아님 공부방법이 잘못되었거나, 아무튼 원인은 나 자신에게 있었으리라. 지금이야 여유롭게 과거를 돌이켜볼 수 있지만 그때는 하늘이 노랗고 안절부절못하였다는 표현이 맞다. 학교를 더 이상 다닐 수 없는 게 아닌가 하는 불안감과 절망이 나를 감싸 버렸다.

며칠을 공황상태에서 보내다 나는 다시 기운을 차렸다. '다시 일어설 수 있다. 그리고 내가 꿈꾸는 의사가 될 수 있다.' 지금까지 살면서 이보다 더한 어려움도 이겨내지 않았던가. 중학교를 중퇴할 만큼 어려운 가정 형편에서도 주저앉거나 포기하지 않았고 중학교 시절 몇 달마다 번갈아가면서 이집 저집을 전전하면서도 용케 여기까지 오지 않았던가.

나는 의과대학 교무처와 은행 등에 문의하며 등록금을 어떻게 해결하나 이리저리 고민하던 중 '시련은 있어도 실패는 없다' '하나님은 이겨낼 수 있는 시련만을 주신다' '하늘이 무너져도 솟아날 구멍이 있다'는 말을 실감했다. 은행에서 학자금 융자를 받는 방법이 있었던 것이다. 입학비사장학금으로 의대 6년을 졸업할 수 있으리라고 믿고 있던 터라 나는 이런 제도가 있는 줄 미처 몰랐다.

하지만 융자 신청도 아무나 할 수 있는 것이 아니었다. 의과대학 사무처에 신청하면 심사를 거쳐 통상 한 학기 당 한두 명이 선정되어 서류를 사무처로부터 받아서 은행에 신청하는 방식이었다. 다행히 의과대학생들 가운데는 학자금 융자를 신청하는 학생이 그리 많지 않았다. 1989년 2월 융자 대상자로 선정되어 나는 은행으로 갔다. 사인해야 할 서류가 많았고 부모님 외에 제3자의 보증을 요구했다. 2018년 4월 연대보증인제도 전면 폐지가 시행되었지만 1980년대는 그렇지 않았다. 나는 시골 백부님께 연대보증을 부탁드렸다.

이렇게 학자금 융자를 받기 시작한 나는 의과대학을 졸업할 때까지 꼬박 3년간 은행융자에 의존할 수밖에 없었다. 1992년 2월 의과대학을 졸업할 때 나의 은행대출금 총액은 500만 원이었다. 의과대학 등록금이 2학년 때는 학기당 50만 원, 3학년 때는 75만 원, 4학년 때는 110만 원이었다. 의과대학을 졸업하고 인턴과 군의관, 레지던트를 하면서 받은 월급에서 매달 일정액으로 융자금을 갚아나갔다.

입학비사장학금도 장학생들에 주던 소정의 생활보조금도 끊기게 되니 생활이 더 어려워진 건 사실이지만 생활비는 시골의 부모님과 대학졸업 후 취업 대신 사업을 시작한 둘째 형이 해결해 주셨다.

나는 이런 복잡하고 힘든 상황에 처해서도 스트레스를 많이 받지 않는 성격이라 잘 이겨낼 수 있었다. 나는 과거를 돌아보거나 얽매이지 않고 미래지향적으로 접근해서 문제를 해결하는 스타일이다. 그러다보니 스트레스를 받더라도 금방 털어버린다. 내가 스트레스라는 말에 대해 제대로 느낀 건 하양중앙내과를 개원한 후부터이다. 나는 지금도 매사에 긍정마인드로 살아가려고 한다. 끝이 안 보일 듯 긴 터널 속에 갇혀 있었던 것 같아도 시간이 흐르면 어려운 일도 다 해결되는 법이다.

해부학 공부: 사체실습

의과대학생의 학습량은 엄청나게 많다. 대개 수업을 아침 8시 반부터 시작하여 오후 6시쯤 끝나는데, 한 시간 가량 저녁식사 시간이 주어지고 저녁시간에 해야 하는 일들도 한두 가지가 아니다. 본과 1학년 1학기에는 특히 해부학 실습이 주로 야간에 있었다.

일반인들은 의사라면 메스를 잡고 수술실에서 집도하는 모습을 흔히 연상할 것이다. TV에서 '하얀 거탑', '외과의사 봉달이' 등 의학 드라마가 심심찮게 방영된 영향도 있겠지만 '의사'의 연관검색어 최우선 순위는 '수술'이다. 의대생들 역시 해부학에 대해서는 특별히 호기심이 많고 나 역시 다르지 않았다.

골학 공부를 통해 머리끝부터 발끝까지 인체를 샅샅이 살펴본 지식을 바탕으로 해부학 실습이 시작되었다. 해부학 실습은 머리끝부터 발끝까지 메스를 들고 사체를 샅샅이 해부하면서 인체의 모든 구조물과 그들의 기능에 대해서 공부하는 과정으로 이루어진다. 일반인들 특히 비위가 약한 분들은 '사체', '해부' 등의 이야기만 들어도 식은땀을 흘리거나 온몸에 소름이 쫙 돋을 터이지만 의대생들에게는 하나의 일상이라 놀라는 경우는 없다.

물론 의대생들도 사체 보관소와 해부학 실습실에 처음 들어가면 모두가 긴장한다. 대부분의 의대에서 사체 보관소는 빌딩 지하에 있다. 계명대학교 의과대학도 지하 1층에는 의대생들의 강의실이 있었고, 지하 2층에는 해부학 실습실이 있었다. 일반인들은 평생 사체를 마주 대하는 경우가 없을 텐데 사체를 만져야 하고, 나아가 피부, 근육, 신경, 혈관, 뼈 등 인체를 구성하는 세세한 부분들을 하나씩 해부하면서 구조와 기능을 익히는 해부학 실습 시간은 긴장의 연속이다.

사체 기증은 생전에 기증 서약을 통해 해부학 실습실에 기증되는데, 실제 기증이 많지 않아 해부학 교실마다 매년 비상에 걸린다. 우리나라에서는 정서와 관습상 사체에 손대는 걸 존엄을 해치는 일로 간주된다. 기증받은 시신 외에는 사망자 가운데 행려자 혹은 병원비를 내지 못하는 분들 중 병원과 보호자가 협의하여 해부학 실습실의 사체 보관소에 안치되는 걸로 안다.

의과대학 교수님들 가운데 의학도들의 해부학 실습을 위해 사후 시신을 기증하겠다는 서약을 하시는 분들이 종종 계신다는 소문을 가끔 듣는다. 참으로 고귀한 뜻으로 인류사랑을 실천하는 의사선생님들이시다. 해부학 실습을 제대로 받지 못한다면 의대생들의 의학교육도 그만큼 부실해지게 됨을 알기에 기꺼이 자신의 사후 인체를 아낌없이 기증하는 숭고한 모습이다.

의과대학생들은 해부학 실습을 시작하기에 앞서 고인들에 대한 추

모제를 지낸다. 최고의 예의를 갖추고 경건하게 의식을 치른다. 해부학 실습은 대개 한 주에 두세 번 이루어지는데, 정규수업을 마치고 저녁 7시에 시작해서 새벽 한두 시까지 계속되기도 하였다. 해부학 실습실이 지하 2층인데다 사방이 고요하고 어둠이 깔린 새벽 한두 시에 뒷정리 혹은 마무리가 늦어 혼자 해부학 실습실에 남게 된 경우에는 등골이 오싹해짐을 느낄 때도 여러 번 있었다.

해부는 신경해부와 일반해부로 나누어지는데, 해부 실습은 머리부터 시작해서 아래로 내려가 발끝에서 마치는 순서로 진행되었다. 메스를 대고 중요한 구조물들의 해부학적 명칭, 기능, 그리고 구조물의 특징을 알아보는 방식으로 진행한다. 본과 1학년 1학기 해부학 실습 과정에서 태깅(tagging)시험을 자주 보았던 기억이 난다. 태깅시험은 특정부위의 특정구조물에 종이를 묶어 표시를 해두고 해부학적 명칭과 기능을 묻는 방식이다. 태깅시험에서도 60점 이상을 받지 못하면 재시험을 봐야 한다. 그런데 암기해야 할 분량이 너무 많아서 60점 이상을 받기가 쉽지 않았다.

의대 공부는 암기로 시작해서 암기로 끝나는 것 같았다. IQ가 좋아야 하는 게 아니라 단순히 암기를 잘하기만 해도 된다. IQ가 좋은 사람은 의과대학보다는 공학도나 과학도를 하는 게 더 나을 거 같다. 의대 공부는 엄청난 학습량으로 인해 인내심, 엄청난 체력과 지구력을 요구한다. 그래서 힘들게 의대에 입학해서 중도에 포기하는 사람들이 3~5%에 이른다. 또한 유급제도가 있어서 한 과목이라도 60점 미만이거나 전체성적 평점이 60점 이하이면 같은 학년을 1년간 다시 다녀야 하는 유급생이 되는데, 6년 만에 졸업하는 게 정상적이지만 때로는 11년이 걸린 유급생들도 있었다.

해부학 실습실을 출입하는 횟수가 늘어남에 따라 사체를 마주하는 게 점차 익숙해져 갔다. 그러나 사체에 대한 경외심과 고인에 대한 감사함은 결코 변하지 않았다. 의사들이 생명에 대한 존엄과 의사로서의 기본적인 인성을 기르는 과정이 해부학 실습실에서 시작되는 게 아닌가 한다. 사체를 대하면서 죽고 사는 게 뭔지, 유한한 삶 가운데 무엇을 해야 하나 등등 철학적 물음을 나 자신에게 여러 번 했던 기억이 난다.

본과에 다니면서 나는 건강이 좋지 않아 늘 고생했다. 특히 비염이 나를 괴롭혔다. 점심식사 후에는 식곤증까지 겹쳐 오후 강의시간이 너무 힘들었다. 좁은 강의실에 여러 사람이 공부하다보니 공기가 탁해지면서 비염으로 고생을 많이 했다. 비염 때문에 콧속이 건조하고 항상 콧속 점막이 부어서 코가 막히니 뇌에 산소 공급이 덜되고 집중력이 떨어지고 피곤해졌다. 거기다가 비염을 해결하려고 복용하는 항히스타민제는 졸림이 동반되어 이래저래 학습능률이 떨어졌다. 그때 비염으로 심하게 고생했던 기억 때문에 의사가 된 후 나는 진료 시에 알레르기비염을 중요한 질병으로 다룬다. 비염에 처방하는 경구용 항히스타민제는 부작용으로 졸림과 피로감이 동반된다. 그래서 나는 가급적 콧속 점막에만 작용하는 스프레이 제제를 주로 처방한다.

의과대학생들의 고민: 전공분야 선택

의대생이라면 누구나 어떤 분야를 전공할지를 놓고 여러 가지 고민한다. 평생이 좌우되기 때문이다. 각자의 생각이 다양하며, 의사의 임금이나 진료 중 의료사고 위험에 노출되는 빈도, 자신의 적성을 감안하여 전공분야를 선택하지만 시대에 따라 각 과의 인기도 변한다. 내가 의과대학을 졸업하였던 1992년 당시에는 비보험 진료가 많아 건강보험공단의 통제가 상대적으로 적은 피부과, 성형외과, 안과의 인기가 많았고, 이비인후과, 정형외과, 신경외과 등의 인기도 많았다. 지금도 이들 전공분야의 인기는 여전하지만 요즘은 종합검진이 대세라 영상의학과의 인기가 단연 많고 고령시대라 재활의학과의 인기가 매우 높아졌다. 이런 인기과일수록 봉직의사를 하건, 개원을 하건 간에 상대적으로 의료사고의 위험도는 적고 봉직의사의 월급이 훨씬 많다고 봐야 한다.

나는 임상의학을 공부하면서 전공분야 선택을 위해 꼼꼼히 생각해 보았다. 우선 머리끝에서 발끝까지 전신을 다루는 내과에 흥미를 느꼈다. 내과는 소화기(위, 대장, 간장, 췌장 등), 호흡기(기관지, 폐, 늑막 등),

순환기(심장, 심혈관, 뇌혈관 등), 신장, 혈액종양(각종 암), 알레르기, 류마티스, 감염 등 인체의 거의 모든 분야를 다룬다. 우리가 흔히 앓는 배탈 같은 사소한 병에서부터 암과 같은 큰 병까지 모든 것을 아우르는 점에 나는 매료되었다.

더욱이 만병의 근원이 스트레스라는 말이 있는데, 스트레스를 받으면 면역력이 떨어지고 입맛이 없거나 소화기능이 떨어져 쉽게 감기에 걸리거나 위염을 앓기도 한다. 감기는 호흡기내과 혹은 감염내과 소관이고, 위염은 소화기내과 소관이다. 자기도 모르는 스트레스가 반복되어 큰 병에 걸린 경우에도 초기 증상이 감기나 소화불량처럼 나타나는 경우도 많다. 이럴 때 내과에서 조기검사, 조기발견, 조기치료가 얼마나 중요한지는 새삼 말할 필요가 없다.

카리스마 넘치는 모습으로 메스를 잡고 뇌수술을 집도하는 신경외과 의사도 참 멋있다. 의학 드라마에서 보는 대학병원 신경외과나 외과의사의 모습은 실상과 매우 비슷하다. 신경외과는 인기가 많은데, 수련과정이 육체적으로 너무 힘들어 다들 엄두를 내지 못한다.

성형외과 의사도 인기가 많다. 1899년 개원하여 현재 100여 년 이상의 역사를 자랑하는 동산의료원 성형외과는 성형외과 학회에서도 크게 인정받던 강진성 교수님이 계셔서 그 밑에서 공부해보고 싶었다. 강진성 교수님은 미국에서 성형외과를 전공하였고 동시에 외과 전문의, 흉부외과 전문의를 취득하여 세 개 분야 전문의 자격을 갖추신 분이다.

계명대학교 부속 동산의료원은 100여 년의 역사와 전통을 자랑하는 병원답게 실력 넘치는 교수님들이 많았다. 동산의료원은 올해로 설

의대 본과 2학년 때 청라언덕에서.

립된 지 120년이 되는 병원이다. 1899년 미국의 북장로교에서 파송된 대구 최초의 의료선교사 존슨(Woodbridge Odlin Johnson, 한국명 장인차)이 대구 약전골목 내 제일교회 자리의 초가 한 채에 제중원(濟衆院)을 열면서 출발한다. 대구·경북 최초로 서양의술을 펼치며 근대화 물결을 일으켰고, 1903년에 지금의 중구 동산동으로 이전했다. 특히 풍토병 치료나 천연두 예방접종 등 보건계몽운동에 적극 나섰고, 1909년 병원 근처에 작은 초가집을 구하여 나환자 요양소인 애락원을 설립하여 나환자 치료에 앞장서기도 했다. 병원 이름을 '동산병원'으로 부르게 된 것은 2대 원장인 플레처(Archibald G. Fletcher)부터다. 이후 1980년에 계명대학교와 병합하여 계명대학교 동산의료원으로 거듭나 오늘에 이른다. 이런 역사와 전통을 바탕으로 계명대학교 의과대학은 저명한 교수들이 많이 계셨으므로 나의 전공 결정은 더 시간이 필요했다.

의학과 임상실습

의과대학 생활의 하이라이트는 '임상실습(PK실습)'이었다. 내가 의대를 다니던 시절에는 보통 본과 3학년 2학기인 10월 중순부터 시작해서 본과 4학년 1학기 6월말까지 임상실습이 이어졌는데, 임상 각 과를 중요도에 따라 1주 혹은 경우에 따라 2주 내지 4주간 돌아가면서 진행되었다. 임상실습은 통상 각 과의 현장을 맛보기 형태로 진행되는데, 의국장인 레지던트 3년 차 의사들이 실습생을 담당하였고, 과별 중요한 사항에 대한 이론과 임상에 대해 가르쳐주었고 잡무도 시키며 수술실에 따라 들어가 옵저버(Observer)로 수술 현장을 지켜보기도 한다. 그리고 각 과별로 중요하게 다루는 중요한 사항에 대해서는 리포트 제출이 많아서 매우 바쁘게 보내곤 했다.

'임상실습(PK실습)'은 응급실, 신경외과, 내과, 외과, 산부인과, 소아과, 이비인후과, 피부과 등 외래진료를 담당하는 임상 각 과와 마취과, 해부와 임상병리과, 영상의학과 등 진료를 서포트해 주는 서비스 파트를 포함하여 진단, 치료 분야 전체를 망라하고 예방의학, 산업의학까지 포함하여 이루어졌다.

특히 응급실은 촌각을 다투는 긴박한 상황이 벌어지는 곳이라 PK들도 늘 긴장해야 했다. 응급실은 야간에 생기는 응급환자들을 위한 공간이라 각 과의 전공의들이 다 모여 있다. 흔한 말로 종합병동인 셈이다. 의학 드라마의 단골 소재인 응급실을 돌이켜보면 이해가 쉽게 된다. 요즘 의학 드라마는 주연, 조연, 러브라인, 그리고 허구적 요소 등이 혼재되어 재미를 더하지만 무엇보다 대학병원 그리고 응급실의 상황을 매우 리얼하게 재연하여 드라마를 보는 의사들마저 탄성을 지르게 만든다. 내가 응급실에서 PK실습 그리고 인턴을 하던 때가 1990년대 초반이니 약 25년이란 세월이 흘러 강산이 변해도 세 번은 변했는데 응급실 환자들의 위급상황, 긴장 속에 이루어지는 응급실 근무의사와 간호사들의 빠른 일처리, 그리고 과중한 업무 부담은 예나 지금이나 어쩌면 그리도 똑같은지….

예방의학 실습은 적십자병원, 적십자혈액원에 가서 직접 헌혈을 해보며 혈액원의 역할에 대해 알아보았다. 당시 대구지역 윤락업소들이 모여 있는 곳으로 알려져 있던 자갈마당 지역을 관할하는 중구보건소에 가서 공중보건을 위한 중구보건소의 역할과 특히 윤락업소를 통한 성병 예방을 위한 중구보건소의 활동에 대해서 알아보았다. 상수도사업소에 가서 평소 수질 관리를 어떻게 하는지도 알아보았다.

스크럽(scrub)

'임상실습(PK실습)'에서 수술실 하면 '스크럽(scrub)'이 먼저 떠오른다.

'스크럽(scrub)'의 사전적 의미는 '수술 전에 손을 씻다'이다. '스크럽'은 대개 2~3분간 하는데, 손가락 사이를 수세미로 꼼꼼히 문지르면서 씻을 뿐만 아니라 물이 팔꿈치로 뚝뚝 흐르는 채 손을 드는 모습과 수도꼭지를 잠그는 것도 웬만하면 손목이나 손가락이 최대한 닿지 않게 한다. 또 글러브를 낄 때나 수술가운을 입을 때도 감염예방을 위해 최대한 주의하는 모습이 사람들의 눈에는 다소 과하고 기이하게 보일 수 있다. 어찌 보면 과잉행동처럼 보이는데, 세균을 씻어내고 오염되지 않도록 하기 위해 철저하게 기본을 지키는 것이다.

옵저버(observer)

'임상실습(PK실습)'생들은 옵저버(observer)로 수술실에 들어간다. '임상실습'생들은 수술 전후 환자를 옮기거나 수술 중에 필요한 잔심부름 정도를 한다.

내가 참관한 수술 중 가장 기억에 남는 수술이 스물여덟 시간 가까이 진행됐던 신경외과 뇌수술이었다. 수술하는 동안 잠을 못 자는 게 기본인데, 여기에 엄청난 체력이 요구된다. 당시 지켜보는 PK들도 힘든데 수술하는 집도의와 수술팀원들이 얼마나 힘들었을지는 짐작에 맡긴다. 식사도 교대로 잠깐 쉬는 시간을 이용해 수술실 내의 의사휴게실에서 김밥 같은 걸로 대충 때우며 초인적인 인내심과 집중력으로 환자의 생명을 살리기 위해 노력하는 모습을 지켜보았다. 나는 이 날 이후 의사들에 대한 존경심이 더해졌다.

기나긴 뇌수술을 참관하면서 환자의 생명을 다루는 의사로서 수술의 결과를 신에게 맡기더라도 자신의 모든 의학지식과 전문적인 의료 기술을 더해 오직 환자의 생명을 살리는 일에 혼신의 힘을 다하는 의사들의 모습을 내 눈으로 똑똑히 목격했다.

외과의 경우 나는 위암 수술에 가장 흔히 참관했다. 한국인들에게 위암이 발생 빈도가 가장 높은 암이라는 보건학적인 통계를 눈으로 확인할 수 있었다. 대장암 수술도 비교적 많았는데 한국인의 식습관이 서구화되면서 대장암이 크게 늘었던 탓이리라. 그 밖에도 산부인과의 경우 자궁경부암 수술도 많이 참관했다.

의사국시 준비과정

의과대학을 졸업한다고 해서 곧바로 의사가 되는 게 아니다. 의사 국가고시에 합격해야 비로소 '의사 면허'를 취득한다. 본과 4학년 2학기가 되면 의대생들 모두가 '이마에 수건을 질끈 동여매고 밤을 새워 가며' 국가고시 준비를 한다. 국가고시에 떨어지면 이듬해 다시 시험을 봐야하는데, 6년간 뼈 빠지게 공부하고서는 또 1년을 더 공부해야 한다. 그러니 의사 국가고시 패스를 위해 모두들 이를 악물고 공부를 한다. 애초 나는 의사 국가고시는 크게 걱정하지 않았다. 본과에서 4년간 성실히 공부했고 PK실습도 각 과별로 열심히 하면서 미리부터 국시를 대비해 준비하였고, 또 한 달간 합숙기간에도 성실히 공부했던 터라 담담한 마음으로 시험시간 내내 평정심을 잃지 않았었다. 이런 각고의 노력 끝에 나는 의사 국가고시에 무난히 합격했다.

의과대학생들은 본과 4학년 1학기까지 이어지는 PK실습이 끝나고 2학기가 되면 의사국시를 준비한다. 국시 일자가 다음 해 1월 20일 내외로 예정되어 본과 4학년 2학기는 의과대학에서 배운 과목들을 총

정리하며 국시를 대비한다. 국시는 의학과 관련된 전 분야를 망라해서 출제된다. 의사로서 갖추어야 할 기본적인 의학 지식을 제대로 습득하고 있는지 묻는 시험이다. 하지만 때로는 매우 깊이가 있는 어려운 문제들도 많이 출제된다. 그러니 공부해야 하는 분량이 엄청나다. 학교 다닐 때 중간고사는 배운 데까지가 시험 범위여서 시험 범위가 넓지 않아 학생들에게 부담이 덜하다. 하지만 기말고사는 한 학기 동안 배운 전 과정이 시험 범위가 된다. 학기 초에 배운 내용들이 기억이 가물가물해졌고 범위가 넓어 시험공부에 애를 많이 먹는다. 한 학기 분량도 이런데 하물며 4년 길게는 6년간 배운 과정 전체를 시험 보는 국가고시는 더 이상 말이 필요 없다.

1991년 12월 10일이 되자 의사국시를 준비하는 본과 4학년 모두는 계명대학교 성서캠퍼스 기숙사에서 합숙훈련에 들어갔다. 한 달 동안 기숙사 합숙훈련이 계명의대 본과 4학년들의 오랜 전통이었다. 여러 명이 그룹 스터디를 하면서 예상문제 등에 대해 묻고 답하며 요점 정리를 하는 방식으로 공부하였는데 매우 효율적이었다. 기숙사 합숙은 등하교에 소요되는 시간만큼 시간 낭비를 줄일 수 있어 촌음을 아껴야 하는 의사 국가고시 준비생들에게 매우 유익했다.

의사국시 준비에는 의과대학 본과 4학년 대표자들 사이의 정보 교환도 매우 중요하다. 이렇게 주고받은 정보를 합숙훈련에서 함께 나눈다.

A대학 B교수가 의사 국가고시 출제위원으로 들어갔다고 가정해 보자. 수업 중에 교수가 특별히 강조한 사항, 교수의 전공 등 이런 것

필자의 계명대 의대 졸업식.

들이 실제 시험문제를 출제할 때 직접적으로 영향을 미치게 마련이다. 그래서 학생 대표들은 이런 정보를 서로 주고받으면서 나름대로 예상 문제를 만드는 등 다양한 준비를 한다. 더욱이 시험 범위에 드는 과목이 십여 과목이라 이런 정보는 매우 중요하다. 의과대학마다 한두 명씩은 출제위원으로 차출되기 때문에 정보를 맞교환하는 방식으로 의과대학 상호 간에 정보를 주고받는다.

결혼, 사랑하는 아내

의대를 졸업하고 공중보건의사로 근무하고 있었으니 흔한 말로 의사 사위 보려는 사람들이 중간에 사람을 넣어 나는 여러 차례 '맞선'을 봤다.

'맞선'이라는 것은 조선시대 혹은 그보다 앞서 우리 조상들의 결혼 풍습대로 남녀가 서로의 조건을 먼저 따져보고 만나는 거라 자연스럽고 순수한, 그리고 우연한 만남이 아니다. 그렇게 만나 남녀가 서로에 대해 알아가면서 사랑을 쌓아간다. 사랑이 전제되지 않고 조건을 앞세운 결혼에서는 요즘 텔레비전에 자주 등장하는 막장 드라마의 주인공들처럼 불행한 결과가 뒤따르기도 한다.

나는 서로 사랑하고, 믿는 가운데 험한 인생을 함께 헤쳐 나갈 동반자를 배우자로 원했다. 1994년 11월 18일 오후 4시 대구중앙공원 앞에 위치한 지금은 사라지고 없는 어느 커피숍이었다. 그날도 크게 기대하지 않고 '맞선'을 보러 나갔다. 그런데 그게 아니었다. 장미는 가시가 있기 마련이지만 이번에는 느낌이 매우 좋았다. 나는 그녀의 첫인상에 반해버렸다. 그녀는 착하고 예쁘고 순수했다. 그동안 여러 차례 맞선을 보았지만 성에 차지 않았다. 첫 만남부터 그녀의 눈빛에서는 내가 싫지 않음을 느낄 수 있었다. 이 여성이 이미 내 마음을 사로잡았는데 뭘 더 알아본다는 말인가 싶었다. 그래서 나는 만난 지 2주일쯤 뒤인 12월 3일에 청혼했다. 그녀는 나의 청혼을 받아주었다. 그 다음 과정은 일사천리였다. 12월 15일 수성관광호텔에서 양가 상견례를 하고, 12월 24일에 약혼을 하였다.

신혼여행 때 속초 앞바다에서.

그런데 상견례가 있던 날 나는 자동차 사고를 냈다. 보건지소 업무를 오후 6시에 마치고 상견례 장소인 수성관광호텔로 서둘러 가다가 구마고속도로 성서 나들목 인근 차량 정체가 심한 구간에서 앞차와 살짝 부딪혀버렸다. 북구 산격동 자취방에서 달성군 구지면 보건지소까지 출퇴근하는 길이 짧은 거리가 아니었고, 겨울철 환자들이 많아져 바빠진 보건지소 업무에다, 상견례 준비에 신경 쓰느라 잠을 푹 못 잔 탓에 깜박 졸았던 것이다. 살짝 부딪혔는데 프라이드 베타 차량의 앞쪽 보닛 부분은 왕창 망가져 버렸다. 당시 처음 가입하는 자동차보험이라 보험료를 아끼려고 자차 부분을 빼고 대물, 대손, 그리고 자손 부분만 보험을 가입했는데, 1994년 12월 당시 수리비 견적이 250만 원

필자의 가족여행(2005년 1월, 제주).

이 나왔다. 다행히 다친 사람은 없었다. 접촉사고로 다소 늦게 도착하였지만 어른들을 모시고 화기애애한 가운데 양가 상견례를 잘 치렀다.

1994년 12월 24일 크리스마스이브에 당시는 꽤 유명했던 두산오거리 인근 중식당 금용에서 약혼식을 올린 우리는 6주쯤 뒤인 1995년 2월 6일 대구파크호텔에서 결혼했다. 신혼집은 당시 내가 근무하던 옥포면 보건지소에서 10분 거리에 있는 달서구 대곡동 소재 동서맨션에 마련했다.

나는 신혼이었지만 공보의 3년 차의 신분이라 보건지소 근무를 마치면 곧바로 30분 거리에 있는 계명대학교 성서캠퍼스 도서관으로 향했다. 공보의 3년 차 말에 있는 전공의 입문시험을 준비하기 위해서였다. 저녁 7시쯤 도서관에 가서 10시 반이나 11시까지 공부하다 귀가했다.

신혼이었지만 아내는 잘 견뎌주며 내조해 주었다. 당시 아내는 영

필자 가족의 여름휴가(2011년 7월, 런던 히드로공항).

남대학교 대학원에서 가정관리학과 석사과정에 다니고 있던 터라 자신의 전공으로도 바쁜 시기였지만, 도서관에서 공부를 마치고 돌아온 남편이 집에서 공부할 때는 함께 공부를 하거나 취미로 하던 뜨개질을 하면서 남편 곁을 지켰다. 당시 대구 서문시장에서 뜨개질에 필요한 이런저런 용품들을 구해서 나를 위한 목도리와 따뜻한 겨울용 스웨터를 짜주었던 기억이 난다.

결혼 후 20여 년이 흐른 지금도 아내는 세 딸들을 키우고 뒷바라지 하는 일에 전념하며 열심히 교회에 나간다. 주로 바깥에서 내가 이런저런 사회생활과 봉사활동을 맘 놓고 할 수 있는 건 전적으로 아내가 잘 견뎌주는 덕분이다. 아이들 교육과 집안의 대소사는 아내가 전적으로 맡아주니까 더 이상 바랄 게 없다.

아내도 주말이면 가족들과 함께 여행이라도 가고 싶은데, 남편은 주말에도 집에 붙어 있지 않고 바깥 활동에 여념이 없으니 서운함도 많을 것이다. 그런 점은 내가 늘 미안하게 생각한다.

제3부

■

의사 이덕영 이야기

지옥훈련 인턴 생활

인턴들은 한두 달 동안 주말조차 외출, 외박을 못해 가족들이 속옷을 챙겨다 주는 게 흔한 일이다. 인턴 생활은 '지옥훈련'이었다고 하는 게 적절한 표현이다. 의학 드라마에서는 인턴이 레지던트들에게 잘못을 지적받고 꾸지람을 듣는 대상이다. 잘못 여하에 관계없이 대꾸는 꿈도 꾸지 못한다. 침대에서 쪽잠을 자면서 종일 이리 뛰고 저리 뛰는 모습, 가족들이 속옷을 챙겨다 주는 모습들은 드라마를 보는 의사들에게 '이 의학 드라마 작가가 대학병원의 상황을 제대로 파악하고 드라마 대본을 쓰고 있구나' 하는 공감과 감탄을 준다. 드라마를 보는 사람들은 가끔 저렇게 비인간적인 혹은 상상을 초월하는 바쁜 인턴 생활을 보고 믿지를 못한다. 하지만 그건 실제 상황들이다.

나의 인턴 생활은 한때는 진로로 생각했던 신경외과에서 시작했다. 담당 교수님들은 대부분 인자하셨는데, 레지던트 선배들은 매우 엄격하고 무서웠다. 레지던트 아래 연차는 위 연차에게 스트레스를 받고 다시 아래의 인턴들에게 스트레스를 풀었다.

나는 레지던트들이 내리는 오더를 처리하기 위해 하루 30분도 채 못 자면서 뛰어다녔던 거 같다. 적응이 전혀 안 된 인턴 초기라 의무 기록실에 있는 환자 차트를 빨리 찾아오지 못한다고 모욕적인 핀잔을 듣기 일쑤였다. 의무 기록실을 처음 드나드는 인턴이 동산의료원의 수십 년 쌓인 의무 기록 가운데 특정 환자의 병력이 기록된 차트를 차트 창고에서 찾는데 시간이 많이 걸리는 것은 당연하다. 고참 선임병이 지시한 것을 제때에 하지 않았다고 신참 이등병이 얼차려 받기 일쑤였다고 이구동성으로 하는 군대 얘기와 별반 다르지 않았다. 사람들은 그게 군기를 잡는 방법이라고 했다. 병원과 군대는 상급자와 하급자, 선임병과 후임병 사이에 비슷한 점이 있었다.

인턴 시절 트라우마

인턴을 한 지 20여 년이 지난 지금도 잊히지 않는 트라우마 하나가 있다.

1992년 당시에는 휴대폰이 없었고 병원 근무자들 사이에 비상연락 수단으로 '삐삐'라는 호출기를 사용하였다. '삐삐'는 휴대하기 편리한 작은 호출기인데, 호출기를 통해 '삐삐' 소리를 들으면 찍힌 구내번호를 확인하고 구내전화를 이용해서 호출한 곳으로 응답전화를 걸어 용건을 통화하는 방식이었다. 인턴 잡(job)이 많아 며칠간 하루에 30분도 채 못 잤던 터라 인턴 숙소의 2층 침대에 새벽 2시가 넘어 무거운 몸을 뉘었으니 그대로 곯아 떨어져 '삐삐' 소리를 듣지 못했다. 여러 번 호출해도 응답이 없자 레지던트 1년 차가 인턴 숙소로 찾아와 나를 깨

수일간 하루 30분도 못 잔 상태에서 삐삐 호출음을
듣지 못해 레지던트에게 엄청 혼났던 인턴 시절.

웠다. 그 순간 레지던트 1년 차에게 엄청 혼났음은 두말 하면 잔소리이다. 내가 재수해 들어와서 동갑내기라 학창 시절에는 서로 친구로 지냈지만 레지던트가 되어 인턴을 몰아칠 때는 군대의 선임처럼 의대의 대선배처럼 위의 연차로 철저한 상급자가 되었다.

분노 어린 눈빛과 화가 잔뜩 난 거친 목소리였다. 나는 가만히 죄인처럼 고개를 숙이고 그냥 당할 뿐이었다. 수십 년이 지난 지금도 이날 레지던트 1년 차에게 받았던 인간적인 모욕과 마음의 상처는 인턴 생활의 트라우마로 남아 있다.

여고생의 임신

응급실 인턴 때의 놀라운 경험 하나를 소개한다. 배가 많이 아프다며 응급실을 찾은 여고생이 있었다. 학생은 아랫배가 아프다고 호소했는데, 설사 증상이 없고 지속적인 하복통을 호소하여 혹 맹장염이 아닐까 의심했다. 나는 여학생이라 생리주기를 체크했다. 이 학생은 최근 두 달간 생리가 없었다고 했다. 정밀검사를 한 결과 나팔관임신으로 진단됐다. 빨리 수술을 해야 하는 응급상황이었다. 학생은 임신 사실을 부모에게 비밀로 해달라고 애원했지만 수술을 하려면 부모의 동의가 반드시 필요하기에 그럴 수가 없었다. 고등학생이 임신이라니 환자를 진료한 인턴으로서는 무척 놀라운 경험을 하였다.

인턴 잡(job)

중요한 인턴 잡(job)이 하나 더 있다. 수술 도중 사망하거나 임종을 앞둔 말기 암 환자가 집에서 임종을 맞기를 원할 경우 환자를 집으로 모시는 과정이 인턴 잡이다. 인공호흡기를 떼면 금방 호흡이 멈춰 돌아가실 분들을 암부배깅(Ambu bagging)을 통해서 댁에 도착할 때까지 생명을 연장하다가 댁에 도착해서 암부배깅을 중단하고 기관 삽관을 제거하고 사망선고를 한다.

브랜치병원 파견

인턴 시절 1개월 동안 경주 동산병원으로 파견을 나간 적이 있다. 파견병원에서 인턴의 응급실 근무는 통상 아침 7시부터 저녁 7시까지, 저녁 7시부터 아침 7시까지 주간반과 야간반으로 나뉜다.

일단 응급실에 환자가 오면 현재 증상과 징후와 관련된 문진부터 하고, 과거 병력을 체크한다. 응급실 환자들은 교통사고를 당하거나 맹장염 등 급하게 수술을 해야 하는 경우와 약물 치료를 하면 되는 경우 등으로 나누어진다.

약물 치료가 필요한 환자들은 대부분 기존에 앓고 있던 질병이 악화되어 급하게 응급실을 찾는데, 천식이나 폐렴 환자가 많았다. 고혈압이나 당뇨병 등 만성질환을 앓던 환자들의 경우 심근경색이나 뇌경색이 일어나는 경우 1시간 반에서 3시간 사이의 골든타임 안에 약물을 투여하거나 응급수술을 해야 한다. 심근경색의 경우 촌각을 다투는 경우가 대부분이어서 심전도 검사나 심장효소수치 등을 체크하고 협심증인지 심근경색인지 여부를 판단한다.

통상 목 주변이나 좌측 팔 등으로 저림 증상이 동반되면서 30분 이상 쥐어짜는 양상의 통증이 가슴의 정중앙이나 좌측 가슴에서 유발되면 심근경색일 가능성이 높다. 심장병에 의한 흉통이 의심되는 경우 우선 심장혈관을 확장시켜주는 니트로글리세린을 혀 밑에 넣어 침으로 녹이고 반응을 본다. 5분 후에 이런 증상이 사라지면 단순 협심증일 가능성이 높다. 하지만 이 약을 5분 간격으로 3회 이상 투여해도 통증이 계속 되면 심근경색일 가능성이 높아 이런 상황을 면밀하게 체크하고 레지던트들에게 보고하여야 한다.

뇌경색이나 뇌출혈의 경우 정확한 진단을 빨리 내리는 것이 가장 중요하다. 인턴들은 반신불수나 안면마비 등 우선 드러난 증상을 빨리 파악하고 지체하지 않고 레지던트들에게 보고해야 한다. 레지던트들은 CT나 MRI 촬영 여부를 신속히 결정한다.

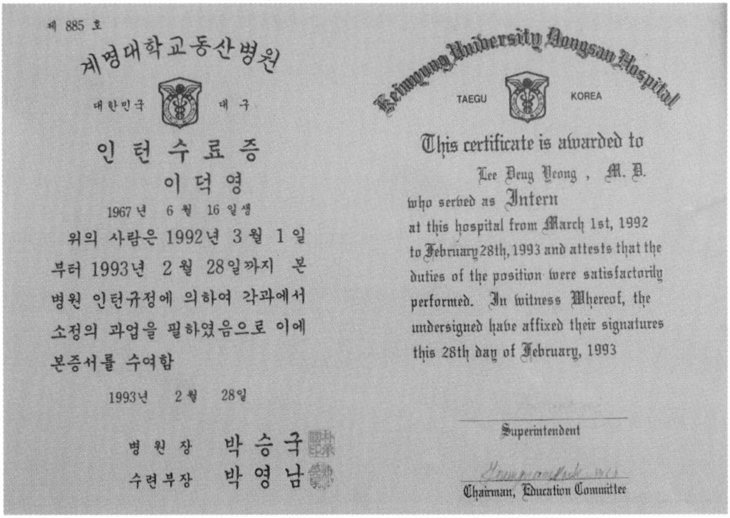
제 885 호

계명대학교동산병원

대한민국 대구

인 턴 수 료 증

이 덕 영

1967 년 6 월 16 일생

위의 사람은 1992년 3월 1일부터 1993년 2월 28일까지 본 병원 인턴규정에 의하여 각과에서 소정의 과업을 필하였음으로 이에 본증서를 수여함

1993년 2월 28일

병 원 장 박 승 국

수련부장 박 영 남

Keimyung University Dongsan Hospital

TAEGU KOREA

This certificate is awarded to

Lee Deug Yeong , M. D.

who served as Intern

at this hospital from March 1st, 1992 to February 28th, 1993 and attests that the duties of the position were satisfactorily performed. In witness Whereof, the undersigned have affixed their signatures this 28th day of February, 1993

Superintendent

Chairman, Education Committee

인턴 수료 증명서.

이렇듯 인턴 생활은 향후 하게 되는 의사생활에 많은 영향을 미친다. 각 과에서 의사로서 기본적인 소양과 경험을 쌓기 때문에 전공분야의 전문의가 아니더라도 의사로서 각 과의 상황을 어느 정도 인식하고 응급실에서 다양한 환자들을 접하기 때문에 의사로서 심폐소생술이나 봉합을 포함한 응급처치 능력도 갖추게 된다. 따라서 인턴과정을 수료한 의사라면 최소한 각 과의 질환에 대해 기본적인 진료가 가능하다고 보면 된다.

국방의 의무, 공중보건의사

나의 진로 전공 선택

의과대학 시절 나는 전공의 과정으로 내과, 신경외과, 성형외과, 안과 가운데 하나를 택하고 싶었다. 거기에 더해 재활의학과도 선택의 범주 안에 넣고 여러 정보를 얻으려 노력했다. 당시 국내 재활의학을 선도하고 있던 세브란스병원 재활의학과를 직접 찾아가서 주임교수님과 면담도 했다. 당시 연세대학교 재활의학과에서는 지방대 출신을 한 명 배정하곤 했다.

의대 시절 나는 성경을 매일 읽고 묵상할 만큼 나름 신실한 기독교인이었다. 요한복음에 이런 구절이 있다. 내가 세상에 있는 동안에는 세상의 빛이로라 이 말씀을 하시고 땅에 침을 뱉어 진흙을 이겨 그의 눈에 바르시고 이르시되 실로암 못에 가서 씻으라 하시니(실로암은 번역하면 보냄을 받았다는 뜻) 이에 가서 씻고 밝은 눈으로 왔더라(9장 5절~7절).

당시 서울 소재 '실로암 안과' 병원이 워낙 유명세를 탔던 터라 이에 영향을 받아 뛰어난 안과의사가 되어 앞을 못 보는 분들에게 빛을 주고 싶었다. 나는 안과로 최종 진로를 정하고 전공의 시험에 응시했다. 안과 킴 T/O(정원, 자리를 일컬음)가 1명인데 4명이 지원했다. 결국 나는 고배를 마시고 군대에 가야 했다. 의사 출신들은 군의관이나 공중보건의사로 36개월간 복무를 해야 했다.

국군군의학교 입교, 국군3사관학교 군사훈련

나는 1993년 2월 8일 수성구 만촌동 소재 국군군의학교에 입교했다. 국군군의학교에서 1주일간 안보교육, 기본적인 소양교육을 받으면서 각종 신체검사에 따른 등급 판정에 따라 군의관과 공중보건의사 T/O(정원, 자리를 일컬음)로 나뉘게 된다. 나는 공중보건의사로 분류되어 1993년 2월 15일 영천에 있는 국군3사관학교로 옮겨 다시 3개월간 엄격한 군사훈련을 받았다. 한겨울 칼바람이 유독 위세를 떨치던 국군3사관학교에서 훈련병 생활이 아무리 힘들어도 지난 1년간 동산의료원에서 인턴 생활보다는 확실히 편했다. 일단 정신적인 스트레스는 별로 없었다. 국군3사관학교 군사훈련 과정은 군사 지식 외에 다양한 경험을 쌓는 기회가 되었다. 전국에서 온 의사, 치과의사, 한의사들이 다 모였다. 1993년 당시는 휴대폰이 처음 나올 때였는데, 당시 가격이 200만 원 한다는 커다란 모토롤라 휴대폰을 갖고 다니는 의사들도 있었고, 특별히 수입차량에 관심이 많은 의사들도 있었다. 그들을 통해 평소 내가 접하지 못했던 세상 이야기를 많이 들을 수 있었다. 나는 경북대학교 치과대학 출신의 치과의사들과 같은 내무반에서 국군군의학교 및 국군3사관학교 생활을 하게 되었는데, 3개월 이상 같은 내무반에서 생활하며 친하게 지냈고, 그 후로도 한동안 서로 연락하며 지냈다.

국군3사관학교에서 군사훈련을 받던 1993년 4월의 어느 토요일이었다. 도보로 50km 행군을 위해 오전 6시에 일어나 식사 등 준비를 끝내고 오전 7시에 출발했는데, 30kg 완전군장을 하고 땀을 뻘뻘 흘리며 도로가를 걷고 있던 시간은 오전 11시를 넘고 있었다. 비포장도로에 먼지를 풀풀 날리며 오픈카에 멋진 여성을 태우고 지나가는 남자 운전자가 눈에 띄었다. '와~ 부럽다.' 나를 비롯한 훈련병들은 이구동성으로 탄식을 했다.

군의관들을 위한 군사훈련이라고 절대로 얕보아서는 안 된다. 레펠 타고 암벽 낙하는 물론, 헬기를 타고 고공낙하훈련까지 한다. 중요한 군사훈련은 거의 다 받았던 거 같다. 이때 나는 육체적으로는 고단하였기에 밤에 잠자리에 들면 그대로 곯아 떨어졌다.

하지만 의과대학 시절 강의실에서 책과 씨름하면서 수년간 보냈고, 지난 1년간은 병원에서 인턴 생활에 찌들어 햇볕 구경도 제대로 못하다가 이제 군사훈련을 받으면서 자연을 벗 삼아 하늘도, 구름도, 공기도, 물도, 산도, 들도, 그리고 보고 듣는 모든 자연이 온통 소중하고 아름다웠다. 모든 게 새롭고 멋진 추억이었다. 이렇게 3개월의 군사훈련을 마치고 중위 계급을 달고 나는 공중보건의사로 배치되었다.

달성군 공중보건의사

나는 대구시 달성군 지역 공중보건의사로 배치를 받았다. 달성군은 1급 지역으로 분류되어 근무희망자가 많았다. 경북도청에서 공중보건의사를 대상으로 약 1주일간 직무교육 후 시험을 보는데, 가장 우수한 성적을 받아야 달성군에 배치되었다. 나는 가장 친한 친구와 함께 달성군으로 배치되었고 다시 달성군 구지면 보건지소에, 친구는 달성군 화원읍 소재 시립희망원에 배치를 받았다. 시골의 보건지소라 하면 의료 수준이 매우 낮은 걸로 생각한다. 보건지소에 근무하는 공중보건의사가 임상 경험이 많지 않은 의대를 갓 졸업한 초보의사인 경우가 많고, 시설이나 의료장비도 제대로 갖추지 못한 곳이 대부분이니 그런 반응은 어쩌면 당연하다. 하지만 읍, 면, 동 같은 시골의 지역적 특수성을 감안하면 시내까지 나가기 어려운 노인 환자들에게는 시골보건지소가 매우 유용하다. 왕진이 그렇게 흔한 경우는 아니지만 가끔 보건지소의 간호조무사와 함께 왕진을 나갔던 기억이 난다.

시골이다 보니 환자들은 대부분 고령으로 고혈압이나 당뇨병 환자였고, 가끔 장염 환자들도 있었다. 여름철에는 열사병, 일사병도 있었고, 뱀에 물린 환자들도 있었다. 관내의 초·중·고 학생들의 건강검진을 담당하였고, 아주 가끔 사체 검안을 하기도 했다.

하지만 보건지소에서 3년 간 근무해본 공중보건의사의 입장에서 보건소나 보건지소의 기능은 예방의학적 역할을 주로 담당하고 불가피한 경우에만 경증 환자의 진료를 담당하며, 진료와 치료가 필요한 임상환자들은 우선적으로 민간 의료기관에서 담당하는 게 맞다고 본다.

첫 애마 프라이드 베타 차량 구입

1993년 나는 경북대학 북문 인근의 4층짜리 빌라의 4층에 전세를

필자의 첫 애마 프라이드 베타.

살고 있어서 달성군 구지면 보건지소까지 출퇴근하려면 버스를 3번 정도 갈아타야 하고, 2시간 정도 걸리는 거리였다. 그래서 출퇴근하느라 무척 고생을 했던 기억이 난다. 다행히 그해 가을에 운전면허를 취득해서 1300cc 프라이드 베타 차량을 구입하였다. 나의 첫 애마는 초기 구입비용을 한 푼이라도 줄이려고 기어를 오토 대신 스틱으로 선택했고, 파워 핸들도 안 되는 차량이었지만 나는 만족했고 내 차를 가졌다는 사실에 뿌듯했다.

현풍읍 보건지소 공중보건의사

구지면 보건지소에서 1년을 지낸 다음 나는 '할매 곰탕'으로 유명한 달성군 현풍읍 보건지소로 발령이 났다. 현풍읍 보건지소는 관내에서 가장 규모가 크고 환자 수가 많은 보건지소였다. 통상 공중보건의사 1년 차에는 환자 수가 적은 오지를 담당하고 공중보건의사 2년 차에는 환자가 많은 곳, 그리고 공중보건의사 3년 차에는 다시 환자가 적은 곳으로 가기를 원한다. 그런 관행에 따라 나는 2년 차에 현풍읍 보건지소로 가기를 원했다. 현풍읍 보건지소에 근무할 때 나는 보건지소 숙소에서 목포 출신의 공중보건 치과의사와 함께 생활했다. 젊은 청년 둘이서 함께 숙소에서 생활하는 재미가 나름 있었다. 우리는 서로를 배려하고 존중하였으며 가끔 술도 한잔 하였다.

옥포면 보건지소 공중보건의사

나는 어느덧 공중보건의사 3년 차가 되어 환자가 거의 없어 한가한 옥포면 보건지소로 발령이 났다. 지리적으로 대구시내에서 구지면 혹은 현풍읍보다 훨씬 가까웠지만 전형적인 농촌마을이라 인구가 그리 많지 않았다. 3년 차를 한가한 곳으로 배려하는 것은 곧 치르게 될 전공의 입문시험을 준비하라는 의미가 있었다. 공중보건의사를 마치면 대부분의 의사들이 전공의 과정에 들어가기 때문이다.

이렇게 나는 여러 가지로 좋은 환경에서 공중보건의 생활을 편하게 보낼 수 있었으며, 큰 과오 없이 국방의 의무를 마칠 수 있었다.

전공의 입문시험

공중보건의 생활도 거의 끝나가고 있었다. 나는 공중보건의 3년 차 하반기부터 본격적인 전공의 입문시험 준비를 했다. 아내가 곁에서 열성으로 도왔다. 혼자 공부하는 내가 안쓰러워 옆에서 함께 책을 보거나 뜨개질로 동무가 되었고, 깜빡 졸기라도 할라치면 지체 없이 말을 걸어 잠을 깨웠다. 그런 아내가 무척 고맙고 사랑스러웠다.

나는 실로암 안과병원의 사례를 보고 안과의사가 되고자 했으나 고배를 마시고 공중보건의사를 하고 있던 터라 여전히 안과에 미련이 남았다. 나는 계명대학교 동산의료원 안과에 넌 킴 T/O(정원, 자리를 일컬음)로 지원했다. 경쟁률이 4대 1이었고, 역시 낙방했다.

'아, 이제 어쩌나!'

전공의 시험에 다시 낙방했으니 안과에 대한 미련은 버려야 하나? 재수를 해서 다시 안과에 지원할 수는 있으나 그렇게 해도 합격이 보장은 되지 않는다. 그런데 나는 혼자가 아니었다. 이미 결혼하여 아내가 있는 상황에서 안과를 고집하는 건 다소 무책임하다는 생각이 들었다. 내가 선택할 수 있는 카드는 전공의 과정이 개설된 종합병원에서 일명 '후기시험'을 치르고 레지던트 과정을 밟는 것이다. 나는 인턴 실습 때 나의 적성과 실습과정 등 여러 가지 면을 종합하여 내과를 최종 선택하였다. 내과는 머리에서 발끝까지 전신을 다루니 그야말로 '의사 중에 의사'가 아닌가.

'그래! 내과로 가자.' 이제 전공분야를 결정했다. 후기에 전공의 모집을 하는 병원들에 대한 정보를 챙겨보던 나는 울산 동강병원을 선택했다.

600베드 규모의 울산 동강병원에는 계명의대 출신 선배가 레지던트로 근무하고 있어 여러모로 도움을 받을 수 있겠다는 판단이 들었다.

내과 전공의 선발은 3명이 정원이었는데, 지원자가 6명, 2대 1의 경쟁률을 보였다. 나는 자신감은 충만했지만 시험에 대한 막연한 불안감이 있었다. 그러나 행운의 신은 이번에는 나에게 미소를 지었다. 이렇게 나는 1996년 4월 25일 공중보건의사로 국방의 의무를 다하고, 울산 동강병원에서 내과 전공의 생활을 시작했다.

가시밭길 내과 전공의 1년 차

내과 전공의 과정은 그야말로 험난한 가시밭길이었다. 1996년 4월 중순이 지나 어느 토요일 울산 동강병원에 내려가니 을씨년스럽기 그지없었다. 모든 게 낯선 데다가 위 연차들의 까칠한 모습에 꽃샘추위가 한참 전에 끝났지만 한기를 느낄 정도였다. 군 복무를 마친 5월 인턴들은 5월 1일에 공식적인 업무가 시작되지만 4월 중순부터 이미 내과 레지던트 1년 차의 꼬리표를 달고 병원을 누벼야 했다. 내과 위 연차들을 따라다니며 며칠간 오리엔테이션(O/T)을 받았다. 위 연차들이 오리엔테이션을 제대로 안 해주고 군기를 잡고 있다는 느낌을 받았다. 군기를 잡는 과정은 1년 차를 보내는 기간 줄곧 이어진 거 같다. 나는 그런 분위기가 정말 싫었다. 일단 제대로 가르쳐주고 잊어버리거나 제대로 못하면 군기 잡는 것이야 당연하겠지만 가르쳐주지도 않은 상태에서 모른다거나 잘 못한다고 군기 잡는 것은 말이 안 된다. 하지만 어디 하소연 할 때도 없었다. 하소연을 해봐야 금방 위 연차들의 귀에 들어가 오히려 더 심한 곤욕을 치를 수 있었다.

내과 전공의 과정에 들어가자마자 나는 오리엔테이션 기간임에도 이미 입원환자의 주치의를 맡겨서 잠을 거의 자지 못했다. 내 기억으로는 하루에 30분씩 잠깐 눈을 붙이며 1주일을 버텨야 했던 적도 있었다. 체력과 정신력의 한계를 뛰어넘는 인내를 요하는 시간이었다. 그러니 교감신경이 흥분되어 감정적으로 매우 예민해질 수밖에 없다.

그 시절 독하게 마음을 먹지 않았다면 중도에 힘들어서 포기했을지도 모른다. 나는 어려서부터 들에서 자라는 잡초 같은 삶을 살아왔기에 '아무리 힘든 상황이라도 결국 이겨낼 수 있다'라는 믿음으로 견뎌냈다. 사랑하는 아내와 갓 태어난 딸을 생각하면서 이겨내어야 한다고 다짐했다. 내가 전공의 생활을 위해 울산으로 내려가기 전 "이서방! 이젠 혼자가 아니니 전공의 생활이 힘들더라도 늘 경아와 태어날 아이를 위해 슬기롭게 잘 이겨내야 해"라고 하셨던 장모님의 당부도 잊지 않았다.

동강병원에서는 오전 7시 반쯤 업무가 시작된다. 내과 전공의 1년차들은 매일 아침마다 응급실을 통해 밤새 입원한 내과 각 파트의 위중한 환자 상태를 PT로 만들어 보고하는 '컨퍼런스(conference, 집담회)' 준비를 해야 한다. 대략 오전 6시반부터 1시간가량 준비해서 '컨퍼런스(conference, 집담회)' 시간에 올렸다. 더욱이 중환자실과 일반병실 환자들의 회진 준비까지 마쳐야 하니 이른 아침 한 시간은 정말 바쁘게 돌아갔다. 해가 일찍 뜨는 여름에는 이른 새벽 5시에서 6시가 되면 태화강변 테니스코트에서 라켓을 들고 뛰어다니며 운동하는 사람들이 무척 부러웠다. 동강병원 지하 1층 응급실과 5층 내과 중환자실까지 계단을 오르내리며 건물 벽면에 나 있는 창문 너머로 저 멀리 내려다보이는 태화강변 테니스코트를 바라보며 저렇게 운동할 수 있는 여유를 나도 언젠가 가질 수 있겠지 하며 피곤한 몸과 마음을 달래곤 했다.

레지던트 과정 동안 기억에 남는 일들이 많다. 주치의인 나의 치료에 대해서 가끔 불만과 불평하는 사람도 있지만 수고했다며 음료수 박스, 심지어 금일봉이 든 촌지까지 건네는 환자나 보호자도 가끔 있었다. 환자가 치료에 만족하고 의사를 칭찬해 주면 격무에 시달리며 쌓인 스트레스는 확 날아갔다. 이럴 때 의사는 순간순간 작은 보람을 느꼈다. 다음에는 환자들을 더 잘 보살피려 노력한다. 의사들도 감정 노동자이다.

우리는 병원, 특히 응급실에서 가끔 불친절한 의사나 직원들을 만나 기분이 상한 경우가 있다. 그 사람의 천성이 그렇다고 단정하기보다 병원, 특히 응급실에서 과중한 업무에 시달리고 잠을 제대로 못 자는 상황에서 본의 아니게 드러나는 모습과 행동인 경우가 많다. 짐작하기에 천성적으로 불친절한 의사는 없는 거 같다. 때에 따라 환경과 상황이 그런 사람으로 비춰지게 하는 것이다.

1996년 추석을 앞두고 응급실에 실려온 환자도 매우 안타까운 경우로 기억에 남아 있다. 40대 중반의 건장한 남자가 추석 연휴가 시작되기 바로 전날 낮에 가슴 통증과 호흡 곤란을 호소하며 병원 외래를 찾았다. 심장병을 의심하고 병원 외래에서 가슴사진과 심전도를 검사하였지만 특이한 이상이 없었다. 그리하여 환자는 내과 환자들이 있던 8층 일반병동에 입원하여 지켜보는 걸로 되었다. 그러나 이 환자는 입원하고 이튿날 새벽에 사망했다. 추석 연휴의 시작이라 병원에는 레지던트 1년 차들이 남아 추석 연휴 당직을 서고 있었다. 후에 밝혀졌지만 심장에서 혈액이 뿜어져 나와 폐로 흘러가는 혈관이 폐동맥인데, 여기가 급작스럽게 막히는 폐동맥 색전(embolism)이 있었다. 외래 진료에서 폐CT까지 찍었으나 이상 소견이 제대로 발견이 안 되었다. 제대로 손 한 번 써보지 못하고 젊은 사람이 이렇게 허망하게 죽을 수도 있구나 하는 생각이 들었고, 삶과 죽음의 경계가 한순간이라는 걸 느꼈다.

'100일 당직'

대개 내과 1년 차 전공의들은 격무에 시달리고, 초인적인 에너지를 요하며, 정신적으로 과도한 긴장을 요하는 비상 상황들이 많다. 내가 동강병원에 처음 들어갈 때인 1996년 4월 내 체중이 72kg이었다. 서너 달 만에 63kg으로 줄었으니 그 사이에 얼마나 힘든 과정을 지내고 있었는지 짐작이 갈 것이다. 식사를 제때 못하는 것은 기본이고 분초를 다투며 뛰어다녔다.

레지던트 1년 차에 들어가면 '100일 당직'을 하여야 했는데, 이건 인내력과 체력 모두를 요하는 과정이다. 전공의 입문 후 3개월 동안은 100일 당직기간으로 저녁 6시 일과 후 외출도 일절 금지되었고, 병원 내에 머물러야 했다. 병원에서 걸어서 5분 거리에 나의 아파트가 있었는데, 집으로 옷을 갈아입으러 잠시조차 가지 못했다. 1년 차에 대한 약간의 배려도 느껴지지 않았다. 의학 드라마를 보면 100일 동안 집에 퇴근을 못하니 가족들이 속옷을 가지고 병원으로 찾아오는 장면이 가끔 연출된다. '100일 당직'이 끝나면 꿀맛 같은 '오프(off)'가 한 번 주어진다. '오프(off)'라고 해봐야 종일 쉬는 게 아니라 일과를 끝내고 저녁 9시쯤 퇴근한다는 얘기다. '100일 당직'을 끝내고 1996년 8월부터 3명의 1년 차 전공의들이 한 사람씩 교대로 사흘에 한 번씩 '오프(off)'를 받았다. 오프를 받는 날에는 대개 저녁 9시쯤 퇴근하는데, 병원에서 강변아파트까지 걸어서 5분 거리였다. 아내는 사흘에 한 번씩 퇴근하는 남편을 위해 내가 좋아하던 된장찌개, 김치찌개를 보글보글 끓여 저녁을 준비해 주었는데, 밥상을 차리기도 전에 나는 이미 곯아떨어지기 일쑤였다. 그렇게 2~30분을 자고 눈을 떠서 저녁밥을 먹고, 또 곯아떨어지곤 했던 기억이 난다.

내과 전공의 2, 3년 차의 여유

그러던 사이 어느덧 나도 레지던트 2년 차가 되었다. 동강병원에서는 내과 전공의 2년 차가 되면 담당하는 입원환자 수가 확 줄어든다. 1년 차 동안 '하늘처럼 모시던 2년 차' 아니던가. 내가 시어머니 노릇하거나 잘 이끌어 주어야 하는 1년 차가 생겼다. 1년 차들의 O/T를 어떻게 할지 고민하면서 1년 차를 강압적으로 대하거나 질책하지 않고 잘 가르쳐주고 잘 이끌어주어야겠다고 생각했다. '시집살이 많이 한 시어머니가 며느리 시집살이 시킨다'는 말이 있다. 하지만 내가 1년 차 때 엄청난 괴롭힘을 받았던 터라 나는 다르게 하고 싶었다. 1년 차가 모르는 것은 당연하다. 그러니 수련 받으러 들어온 게 아닌가. 2년 차로 '백콜(backcall)'을 서면서 응급실에서 콜이 오면 주저하지 않고 8층 내과 당직실에서 곧바로 지하 1층 응급실로 내려가 환자를 봐주었다. 다행히 1년 차들은 이내 스마트하게 성장하는 게 느껴졌다.

전공의 2년 차가 되어 주치의 업무가 줄어들었고 대신 내시경실에 파견되어 내시경 검사를 많이 했다. 앞으로 내과 의사로 활동하려면 위 내시경 검사는 필수일 뿐만 아니라 임상 경험이 많을수록 검사의 정확성을 높일 수 있다는 생각에 열심히 내시경실을 다녔다. 울산 동강병원에서 전공의 2년 차 때 위 내시경을 통상 2,000케이스 정도 경험하였다. 대학병원의 경우 전공의 2년 차가 되면 소화기와 순환기, 호흡기 등 각 파트로 나눠서 자기 전공분야에서만 전공의 4년 차가 될 때까지 나머지 3년을 수련하는데, 울산 동강병원에서는 분야별로 나누지 않고 전공의 1년 차 때부터 4년 차까지 호흡기, 순환기, 소화기 분야 등으로 각 한 달씩 돌아가면서 파트별 수련을 한다. 전자는 깊이 있는 전문성을 쌓는데 좋지만, 후자의 경우는 전문성에 더해 다양한 환자를 경험할 수 있는 장점이 있다. 동네의사로 개원하는 경우에는 다양한 환자들을 경험을 할 수 있는 후자의 방식이 더 도움이 되는 것 같다.

전공의 3년 차가 되면서 환자를 맡지 않아도 되었기에 나는 대학원 과정을 다니며, 대장 내시경을 비롯한 내과 의사로서 갖추어야 할 의학적 술기들을 습득하며 임상 경험을 쌓았다. 전공이 내과였지만 개원을 하려면 모든 분야에 대한 기본적인 의료 지식을 갖고 있어야 한다고 생각했다. 그래서 나는 산부인과는 물론 이비인후과, 안과, 방사선과, 심지어 해부병리과, 진단검사의학과까지 내 발로 찾아다니며 공부했다. 스스로 각 과를 찾아다니며 과장님들께 이것저것 궁금한 사항들을 세세히 물어가며 익혔던 덕분에 도농복합지역에서 하양중앙내과를 개원하여 환자들에 대한 '토털 케어(total care)'가 가능했고, 성공적인 개원의 밑거름이 되었다.

의학박사 취득

나는 레지던트 과정 2년 차이던 1997년 연말에 경북대학교 대학원에 원서를 냈다. 1985년 영남대학교 의과대학에 입학했다가, 학비와 생활비를 해결할 수 있는 장학금을 받으며 계명대학교 의과대학에 다시 입학했었다. 국립대학이라 등록금이 저렴하였고, 영남대학과 계명대학에 인연을 맺었던 터라 대학원은 인연이 없었던 경북대학교를 선택했다. 의사들에게 있어서 대학원이 필수코스는 아니다. 더구나 전문의 과정을 밟고 있는 전공의 가운데 대략 10~20% 정도가 대학원에서 의학 석사, 의학 박사과정을 거친다. 의과대학에서 교수로 남거나 공직에 진출할 경우 박사학위는 필수이다. 의과대학원에서 보다 깊

이재태 경북대학교 대학원
박사과정 지도교수.

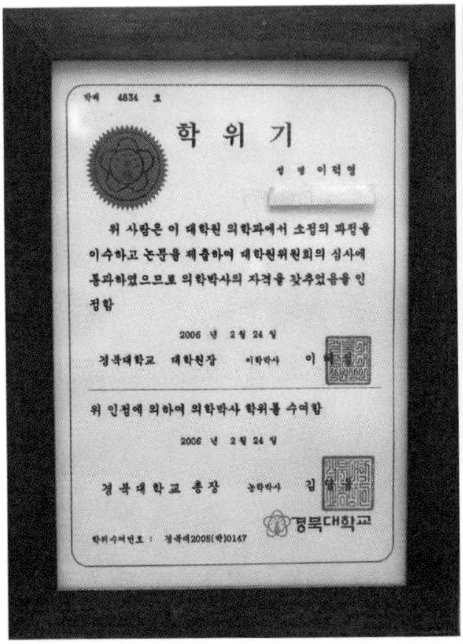

〈사진 왼쪽〉 필자의 박사학위 취득 학위기.
〈사진 오른쪽〉 필자의 박사학위 취득 기념패.

이 있는 학문적 연구를 하고 싶었고 후일 공직에 진출할 수도 있다는 생각에 레지던트 3년 차인 1998년부터 의과대학원 석사과정을 병행했고, 2001년에 석사학위를 취득하였다. 그 후 2003년 경북대학교 의과대학원 의학 박사과정에 입학하여 2006년 2월에 의학 박사학위를 취득하였다.

큰딸 세상에 나오던 날

나는 힘들어도 대체로 다 참아내고 순응하는 편인데, 지금 생각해도 도무지 이해할 수 없고 화나는 일이 있다. 내과 전공의 입문 후 한 달도 지나지 않은 1996년 5월 7일 아내가 첫딸을 출산하였다. 산전기간 아내는 산격동 신세계산부인과를 다녔는데, 산통이 있어 병원에 와 있다는 연락을 받았다. 이어 몇 시간이 지나지 않아 아내가 출산했다는 소식을 장모님이 전해주셨다. 나는 위 연차 레지던트에게 아내가 첫딸을 출산했는데 잠깐 다녀와도 되느냐고 조심스레 물었다. 그런데 일언지하에 "안 됩니다!"라는 대답이 돌아왔다. 1년 차가 자리를 비우면 '1년 차의 잡(job)은 누가 하느냐' 하는 반문이 돌아왔다.

아내가 출산을 했다는데 당연히 병원에 가보아야 하는 게 아닌가. 자기들도 결혼하고 곧 아이 아빠가 될 터인데 어쩌면 저렇게 매정할 수 있나 하는 생각이 들었다. 정말 화가 났지만 위 연차의 서슬 퍼런 눈빛을 무시하고 출산한 아내를 보러 달려갈 만큼 배짱이 없었다. 혼자 첫딸을 출산한 아내는 남편이 병원으로 달려오지 않은데 대해 많이 서운하였을 텐데 1년 차 신분의 나를 잘 이해해주었다. 이제 막 세상에 나온 첫딸을 보러 오지 못하는 아빠의 안타까운 마음을 오히려 위로해 주었다. 나는 그때 출산한 아내와 첫딸을 보러 달려가지 못했던 나를 두고두고 자책하였다.

지금은 병원마다 전공의 정원을 다 못 채울 정도이니 아래 연차들이 귀한 대접을 받는 시대로 바뀌었다. 위 연차들이 아래 연차를 괴롭히거나 부당한 대우를 하면 아래 연차들이 병원을 아예 그만둬 버린다. 그럼 병원 잡은 고스란히 위 연차 레지던트, 전임의 혹은 교수들이 맡아야 한다. 하지만 당시는 위 연차들의 서슬이 퍼렜다. 당시에는 의과대학 졸업생이나 인턴 수료자에 비해 전공의 정원이 턱없이 부족했다. 한마디로 수요와 공급의 균형이 맞지 않았다. 그만두거나 병원을 뛰쳐나가면 전공의 수련할 만한 곳이 그렇게 흔치 않았다. 전공의 시절 이런 저런 갈등으로 위 연차 전공의들에 대해 좋은 감정을 가질 수 없었지만 나는 묵은 감정을 털어버리고 학회나 송년회에서 위 연차들과 반갑게 인사를 나누곤 한다.

아버지의 폐암 수술

누구에게나 '아버지'라는 존재는 클 수밖에 없다. 나를 세상에 있게 해준 분이고, 이렇게 살아가도록 키우고 가르쳐 주신 분이다. 나의 아버지는 조상 대대로 시골에서 땅을 일구며 살아온 농사꾼의 아들로 태어났고, 농사꾼으로 평생을 보내시던 분이다. 전국 어디를 가나 고향(농촌마을)을 지키며 땅을 터전 삼아 살고 있는 수많은 어른들이 바로 내 아버지의 모습과 같으리라. 이런 나의 아버지는 참으로 고생을 많이 하신 분이다. 슬하의 자식들을 당신처럼 농사꾼으로 만들지 않겠다고 4남 1녀 전부를 대학까지 공부를 시키셨으니 여간 힘든 삶이 아니셨다.

할아버지가 일찍 돌아가시고 여러 자식을 둔 할머니 밑에서 자란 탓에 아버지는 물려받은 논밭이 있는 것도 아니었다. 여느 촌부들의 고달픈 삶과 다를 바 없었다. 내가 중학교 다닐 때 아버지께서 나에게 휴학을 권유했던 사실을 상기해 봐도 4남 1녀 키우느라 부모님의 이마에 깊게 패인 주름살의 의미를 새삼 느끼게 된다. 아이들 학비에다 생활비 고민이 더해진 주름이었다. 늘 자식 잘 키우는 걱정 속에서 지내셨던 아버지는 젊어서부터 수년에 한 번씩 반복적으로 우울증을 앓으셨다. 고민, 그리고 불안이 거듭되다 보니 밤잠을 설치기 일쑤였고, 우울증에 빠져 자연히 말 수가 적어졌다.

내가 전공의 1년 차 시절 아버지는 유난히 기운을 차리지 못하셨다. 또 다시 우울증이 재발하시는가보다 생각했다. 그러던 중 5월의 어느 봄날에 안부전화를 드렸는데, 기침을 심하게 하셨다. 감기로 인한 기침으로 여기고 동네병원을 몇 개월이나 다니셨지만 약을 드시면 잠시 기침이 멈추는 게 고작이라셨다. 기침에 가끔 각혈이 동반된다 하셨다. 이에 놀란 나는 아버지께 바로 울산에 내려와 검진을 받으시도록 권유했다. 그런데 아버지는 바쁜 농사일 때문에 차일피일 검진을 미루셨고, 그 해 추수를 다 끝낸 뒤 1996년 12월에야 울산으로 내려오셨다. 종합검진 결과 가슴엑스레이상 왼쪽 폐에 5cm 가량의 '종괴(mass)'가 보였다. 한 눈에 봐도 폐암이었다.

아버지는 젊은 시절부터 담배를 많이 피우셨다. 내가 의과대학에서 공부하던 시절에도 담배를 끊으시라고 말씀드릴 때마다 동네 누구는 담배를 하루 몇 갑씩 피워도 아흔 살까지 살았다는 말씀을 되풀이하며 아들의 말을 듣지 않으셨다. 아버지는 10대 때부터 수십 년 이상 흡연을 계속한 터라 20년 이상 만성기관지염을 앓고 계셨다. 하지만 당신은 만성기관지염을 앓고 있는지조차 모르셨다. 겨울철에 가끔 기침을 좀 심하게 하고 감기에 걸리면 잘 안 떨어지고 아침에 일어나면 가래가 많아지고 때로는 숨도 차는 등 우리가 주변에서 흔히 보는 장기간

흡연하고 있는 중년 남성들의 모습들이다. 아버지는 직계가족들이 모두 암으로 돌아가신 가족력이 있었다. 나의 할머니는 위암으로, 백부님도 위암으로, 둘째 백부님은 폐암이 뇌로 전이된 상태로, 고모님도 위암으로 모두 60대 초반의 젊은 나이에 돌아가셨다.

아버지의 가슴 사진에서 '종괴(mass)'를 보는 순간 아버지께서 돌아가실 수 있다는 생각이 머릿속을 스쳤다. 당시만 해도 일반인들은 '암(cancer)'이라는 말만 들어도 다 죽는 걸로 간주하던 때였다. 더욱이 5년 생존율이 낮은 폐암이었다. 이런저런 상념으로 나는 '멘붕'(얼빠진 상황)에 빠졌다. 온몸에 식은땀이 흐르는 느낌이었다. 그러면서 '난 의사다. 아버지를 살리기 위해 최선을 다해 보자'라며 속으로 다짐했다. '나는 의사다, 나는 의사다' 이렇게 되뇌며 의사로서 내가 아버지를 위해 어떻게 해야 할까를 고민했다. 동강병원의 여러 과장님들과도 상의했다. 그러면서 전국 최고의 명의를 찾아 아버지가 수술 받게 해드려야겠다고 생각했다.

1997년 2월 아버지는 서울 아산병원 흉부외과에서 수술을 받으셨다. 막상 수술실에서 확인된 아버지의 상태는 진단받던 당시 HRCT에서 판단했던 병기보다 훨씬 심각했다. HRCT상 좌측 폐상부에서 5cm 크기의 덩어리가 있었으므로 좌측 폐의 상엽만 절제할 예정으로 수술을 시작하였으나 수술 중 실시한 조직 검사에서 폐문부에 병변이 너무 가까워서 폐상부만 절제할 경우 좌측 폐의 나머지 부분이나 심한 경우 건너편 우측 폐로 전이될 가능성이 있으므로 좌측폐전절제술(left pneumonectomy)을 실시해 좌측 폐를 모두 잘라내야 했다. 수술시간도 길었고 수술 범위도 워낙 컸지만 유능한 흉부외과 교수님의 집도 아래 완벽한 수술이 있었기에 올해 연세가 여든넷이 되신 아버지는 지금까지도 건강하게 지내신다.

당시 나는 가족이 아니라 병을 치료하는 의사로서 아버지의 병을 어떻게 하면 고쳐드리고 무사히 위기를 넘기나 하는 생각을 먼저 했다.

의사들 사이에서는 가족들이나 절친들의 수술은 가급적 본인이 하지 않으려는 경향이 있다. 일명 'VIP 신드롬'이라 하는데, 가족이나 친구를 수술할 경우 다른 환자와 달리 과도한 심리적 부담과 긴장으로 오히려 수술 결과가 안 좋아질 수 있는 경우를 말한다.

내과 전문의 시험 준비

전문의 시험을 준비하는 과정은 의사 국가고시를 준비하는 것과는 차원이 다르다. 의사 국가고시가 대입예비고사와 같다면 전문의 시험은 대입 본고사에 비유할 만큼 공부해야 하는 양이 방대하고 깊이가 있다. 전공의 4년 차가 되면 전문의 시험 준비 때문에 인턴이나 다른 연차의 전공의들과는 비교되지 않을 정도로 정신없이 바쁜 시간을 보낸다.

1999년 전공의 4년 차 3월이 시작되자 마음이 바빠져 금요일까지는 4년 차 방의 책상머리에서 시간을 보냈다. 나는 주말이면 대부분의 시간을 모교인 계명대학교 동산의료원에서 전공의 4년 차인 대학 동기, 선후배들과 함께 모여 CT, MRI, Barium enema와 관련된 슬라이드와 각종 해부병리조직검사 관련 슬라이드 공부를 하며 전문의 시험에 대비했다. 그러다가 전공의 4년 차 9월에서 12월까지 약 3개월은 동산의료원에서 전공의 4년 차의 대학 동기, 선후배들과 함께 같은 방에서 공부하며 전문의 시험을 준비했다. 의학적인 술기, 이론까지 다양한 임상적, 이론적 지식을 갖추어야 해서 방바닥부터 천정까지 각종 의학

전문의 시험 4주 전부터 호텔 합숙으로 키 높이 만큼
전공 서적들을 쌓아두고 투혼하던 순간.

서적들이 쌓였다.

이렇게 전문의 시험을 열심히 준비하다 시험을 치르기 한 달을 앞두고 대부분의 내과 전공의 4년 차들은 비싼 비용을 감수하고라도 서울의 호텔에서 한 달 동안 합숙을 한다. 호텔 합숙은 전국의 대부분 의과대학 내과 전공의들이 그렇게 해온 관례였다. 이때 각 대학교 내과 전공의 대표들끼리 만나 출제 예상문제에 대한 정보 교환도 활발히 한다. 이 정보 교환이 매우 중요하다. 출제될 시험문제에 관한 간접 정보를 얻을 수 있기 때문이다. 가령, A대학병원 B교수가 출제위원으로 들어갔다고 가정해보자. 그렇다면 A대학병원의 전공의들은 다른 대학병원의 전공의들에 비해 유리한 부분이 있을 거다. B교수가 평소 강조하는 부분이 전문의 시험에 출제될 가능성이 많은 것이다. 그렇게 대학병원 별로 서로 정보 교환을 주고받는다.

호텔에서의 한 달간 합숙생활은 심리적 긴장감을 더해 집중도가 높고, 학습효율도 좋았다. 나는 하루 너덧 시간씩 자고 공부에 몰두했다. 전문의 시험을 앞두고 2주 정도는 과도한 긴장으로 불면증이 심해 수면제를 복용해야 했다. 내 키가 170cm 정도 되는데, 호텔방에 쌓아둔 교재들이 내 키와 맞먹을 정도였다. 그렇게 투혼을 발휘한 나는 내과 전문의 시험에 합격하여 전문의 자격을 취득했다. 시험을 치른 당일 나는 무난히 합격하리라 확신했고, 시험을 마치자 지난 2주 동안 복용했던 수면제도 더 이상 복용할 필요 없이 불면증도 말끔히 사라졌다.

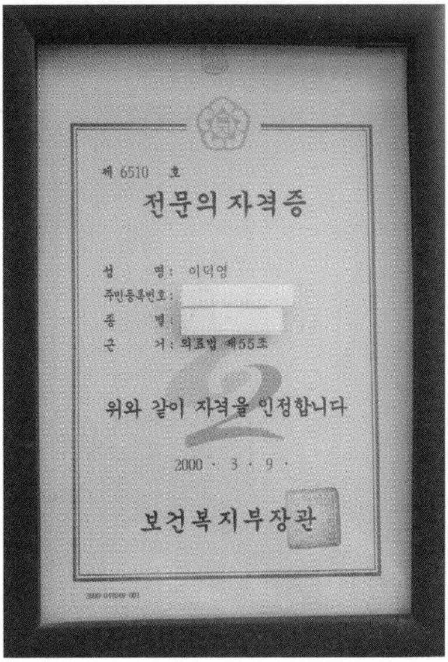

내과전문의 자격 취득.

제4부

■

시골의사 이덕영 이야기

하양중앙내과 개원 준비

2000년 4월 10일, 하양중앙내과 원장이 되다

2000년 1월에 치러진 전문의 시험을 기대 이상으로 잘 치렀다고 판단한 나는 본격적으로 향후 진로를 놓고 고민했다. 함께 시험을 치른 지인들 중 대학병원의 펠로우 혹은 종합병원의 내과과장으로 일찍 자리를 확정한 사람들도 있었지만, 전문의 시험 결과를 보고 진로를 결정하는 게 일반적이었다.

나도 의국 선배들의 경험을 들어보고 천천히 진로를 결정할 작정이었다.

한때 나는 봉직의사를 염두에 두고 알아보기도 하였다. 내가 전문의가 되었던 2000년, 대구시내 중소병원 봉직의사의 급여가 450~550만 원 정도였고, 경북의 시·군소재지 병원에서는 700~800만 원에다 관사까지 제공해 주기도 했다. 대구시내에서 일자리를 구하고자 하였으나 일자리가 나지 않고 경북의 일자리는 출퇴근이 힘든 자리가 전부였다.

결국 나는 개원으로 방향을 정하고 개원 준비를 하고 있거나 이미 개원 중인 선배들을 찾아다니며 조언을 구했다. 병원의 입지 여건, 병원의 효율적인 공간 배치, 인테리어 수준이나 의료장비 등을 세밀하게 살폈다.

나는 이미 개원 중인 선배들의 병원을 둘러보면서 개원의로서 맞닥뜨리는 힘든 점들에 대해서 들을 수 있었다. 선배들의 조언을 들으면서 내 병원을 꾸려 내가 꿈꿔왔던 친절한 의사상(醫師像), 정확한 진단과 상세한 설명, 빠른 쾌유를 시켜주는 실력 넘치는 훌륭한 의사가 되려면 개원이 나에게 딱 어울린다는 확신을 가졌다.

개원하기로 결정하고 나서 나는 양가 어른들께 먼저 말씀드렸다.

유독 사위 사랑이 크셨던 장모님은 사실 이전부터 가지고 계시던 건물 하나를 사위의 개원을 위해 수년간 임대를 하지 않은 채 한동안 비워두셨던 일을 나는 알고 있었다.

경산시 하양읍 하양로 125.

이곳에 1970년대에 건축된 2층짜리 오래된 콘크리트건물이 자리잡고 있었다. 한 가지 특징이 있다면 20년 전 주변에서 유일한 2층짜리 건물이어서 눈에 잘 띈다는 점이었다. 건평은 1, 2층 합하여 50여 평 규모였다.

이렇게 장소가 결정됐으니 이제 남은 일은 병원을 어떻게 꾸미고, 또 어떤 장비를 세팅할 것인가 하는 것이었다. 당시 하양의 인구는 2만 8천여 명 안팎이었다. 그런데 3만 명이 채 안 되는 읍이지만 이미

10개의 의원이 문을 열고 있었다. 그러니까 하양중앙내과는 11번째 의원이라는 얘기다. 내과로는 4번째(현재 8개)였다. 지금 하양의 인구는 3만 명 내외로 조금 늘었는데 비해 의원은 모두 30여 개로 늘었다. 내가 병원을 오픈한 이후 19여 년 동안 몇몇 의원은 폐업하거나 다른 곳으로 이전했다. 이렇듯 하양은 병원 간의 경쟁이 치열한 곳이었다.

나는 병원 오픈을 위해 크게 세 가지 분야로 나눠 준비를 해 나갔다. 인테리어 업체 선정, 의료장비 세팅, 병원 근무 인력 고용 등이었다.

우선 인테리어는 선배들 병원을 열심히 쫓아다니며 눈동냥 귀동냥해서 얻은 정보를 종합하여 인테리어 콘셉트을 정했다.

인테리어에서 고려할 요소는 서너 가지 되었던 것 같다. 우선 나는 병원이 밝아야 한다고 생각했다. 병원을 찾아오는 환자들은 대부분이 몸이 아프기 때문에 마음도 덩달아 우울하기 마련이다. 따라서 병원 내부를 밝으면서 깔끔하고 세련되게 한다면 병원으로 들어오는 순간 환자들의 기분도 산뜻해지고 마음은 밝아지리라 믿었다.

둘째, 동선이 중요하다. 효율적인 환자 진료를 위해서는 병원 내부의 진료실, 주사실 및 각종 검사실의 동선이 매우 중요하다. 동선이 매끄럽지 않으면 환자들의 우왕좌왕으로 혼란과 불편을 초래하기 일쑤다.

셋째, 용도에 맞는 적합한 공간 편성이 중요하다. 검사실, 진료실에 들어갈 의료장비 규모와 공간의 목적에 맞는 충분한 공간이 확보되어야 환자들이 답답함을 느끼지 않는다.

인테리어 못지않게 의료장비를 어떻게 세팅할지도 개원에 매우 중요한 고려 요소이다. 의료장비들은 고가라서 개원소요비용 가운데 가

하양중앙내과 외부 사진.

장 큰 비중을 차지한다. 하지만 정확한 진료와 치료에 결정적인 역할을 하기 때문에 가급적 성능이 우수한 제품을 써야 한다. 다행히 나에게는 적은 비용을 들여 최고의 장비를 세팅할 수 있는 행운이 찾아왔다. 경산에서 그리 멀지않은 경상북도 김천의 모 내과 원장이 대학병원 '펠로우(fellow)'로 들어가면서 의료장비 일체를 내게 넘겼다. 나는 애당초 예상했던 의료장비 구입비의 절반 가격에 최고의 장비들을 세팅할 수 있었다. 나는 대만족이었다. 이 장비들은 비록 '중고'였지만 성능은 새 장비와 동일해서 중고 이상의 가치를 내게 안겨주었다. 그 후 나는 '중고품 애호가'가 되어 자동차를 살 때도 새 차를 바로 뽑기보다는 출고한 지 1년 이내의 차를 구입하곤 하였다.

물론 내가 이렇게 개원비용을 최소화할 수밖에 없었던 것은 당시 내 수중에 개원에 필요한 자금이 별로 없었기 때문이다. 거의 모든 자금

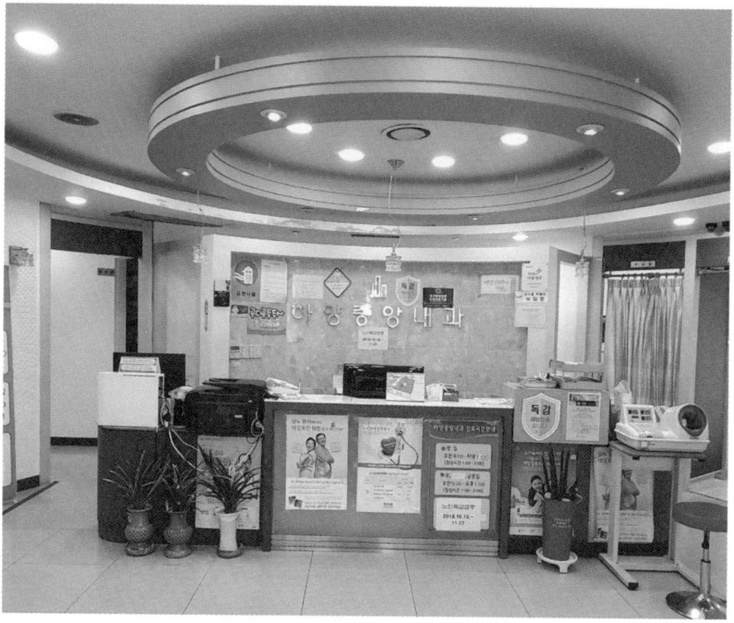

〈사진 위, 아래〉 하양중앙내과 1층 내부.

하양중앙내과 2층 전경.

을 빌려야 하는 상황이었다. 신용보증기금에서 운전자금 3천만 원을 대출받았고, 장모님께 1억여 원을 빌려 개원하였다. 개원 후 어느 정도 환자 풀(POOL)이 형성될 때까지는 보통 6~7개월이 걸리는데, 그 동안의 운전자금도 확보하고 있어야했다.

이제 고민은 병원 경영에서 가장 중요한 요소인 간호와 원무, 방사선사 인력을 어떻게 확보하느냐 하는 문제였다. 나는 간호사 선임에 많은 신경을 썼다. 간호사에게 병원의 안살림을 맡기고 나는 진료에만 전념할 수 있어야 한다고 생각했다. 그래서 대학병원 출신의 베테랑 간호사를 채용했는데, 그 베테랑에 오히려 불편한 상황이 벌어졌다. 개원하고 보름쯤 지난날, 사소한 나의 지적에 간호사는 그만두겠다고 했다. 나는 간호사를 구태여 붙잡지 않았다. 그 후 나는 직원 채용에 보다 신중하게 되었다. 직원들의 업무처리 능력도 중요하지만 원장의 철학을 이해하고 함께 훌륭한 병원을 만들어가려는 의지, 훌륭한 인성을 갖춘 직원 채용이 중요하다는 교훈을 얻었다.

결론적으로 원장과 직원들 상호 간 예의도 중요하고, 근무자들 상호 간 소통과 배려, 나아가 전 임직원의 팀워크가 어우러져야 활기찬 병원, 성공하는 병원이 될 수 있다고 확신한다.

하양중앙내과 개원하던 날

2000년 4월 10일, 마침내 운명의 날이 밝았다. 지난 두 달여 동안 준비해온 병원을 오픈하는 날이었다. 날씨는 쾌청했다.

지난밤 나는 잠을 푹 잤다. 원래 성격이 큰일을 앞두고도 마음 편하게 잠을 잘 수 있는 사람이다. 그러나 옆에서 지켜보는 아내는 다른 모양이었다. 가뿐하게 일어나는 내 모습을 보고 한마디를 했다.

"여보, 잘 잤어?"

나는 "응! ~" 하며 씨~익 미소를 지어보이며 화장실로 향했다. 거울 속에는 낯선 남자가 한 사람 서 있었다. 살이 빠져 얼굴이 홀쭉해진 모습에서 지난 두 달여간 사내가 얼마나 신경을 쓰며 쫓아다녔는지 짐작할 수 있었다.

그렇다.

나는 내과 전문의 자격증을 받는 순간부터 두 달간 모든 노력을 개원 준비에 쏟아부었다. 밤낮이 따로 없이 이리 뛰고 저리 뛰었다. 그리고 그날 내가 직접 개원 준비를 한 병원에서 새로운 출발을 하려고 하는 참이었다. 거울 속 사내는 억지로 웃음을 지으려 애쓰고 있었다. 웃음에는 긴장이 잔뜩 묻어 있었지만 동시에 앞으로 개원이 성공하리라는 희망과 기대가 함께 배어 있었다. 겉으로는 태연한 척했지만 속으로는 얼마나 초조한지를 자신은 읽을 수 있었다. 그는 자신의 그런 긴장하는 모습이 아내에게 들키길 원하지 않았다. 도움이 되기는커녕 되레 아내까지 노심초사하게 만든다는 생각에서였다. 서둘러 출근 준비를 마친 나는 아침식사를 대충 때우고 얼른 병원으로 향했다.

내가 얼마나 바라던 일인가. 내과 전문의가 되어 마침내 나의 병원을 오픈한다는 사실에 기분은 최고였다.

내 병원을 오픈한다.
이름 하여 '하양중앙내과'.

이제부터 내가 출근하여야 하는 '하양중앙내과'에서 '중앙'은 경산에서 중심 되는 의원이 될 것이고, 머지않아 경산을 넘어 경북에서도 중추적인 병원이 되겠다는 나의 의지가 담긴 이름이다. 내 모든 것을 바쳐야 하는 이름이다.

8시쯤 병원에 도착한 나는 곧바로 진료실에 들어가지 않고, 전날 밤 늦게까지 준비했던 여러 가지를 하나하나 되짚어가며 다시 한 번 점검했다. 모든 게 완벽했다. 간호사를 비롯한 직원들이 애쓴 흔적이 역력했다. 나는 진료실로 들어와 새로 마련한 책상과 의자에 앉았다. 컴퓨터의 전원 버튼을 누르자 컴퓨터가 드르륵 요란한 소리를 내며 윈도우가 작동하기 시작했다. 시계를 보니 막 8시 반을 넘기고 있었다. 진료가 시작될 오전 9시가 되려면 아직 30분이나 남았다.

오전 8시 50분쯤 되었을까, 병원 문이 활짝 열렸다. 간호사들이 일제히 "어서 오세요!" 하고 합창하며 허리가 꼬부라진 한 눈에 보아도 고령인 할머니를 맞이했다. 병원 문을 들어선 할머니는 잠시 접혔던 허리를 펴고는 가쁜 숨을 몰아쉬며 간호사들을 쳐다봤다. 그리고 곧바로 시선을 진료실로 향하더니만 내 눈과 마주쳤다. 가쁜 숨을 고른 방문자는 입을 열었다.

"이 병원 오늘 개업했습니까? 내가 기침이 하도 심해서…, 개업선물은 주지요?"라고 물었다. 반가운 첫 손님에게 간호사들은 친절히 응대하고 접수를 마치고 진료실로 안내하였다.

첫 환자였다.

나는 진료 시작 시간이 아직 10분 정도 남았지만 첫 환자를 진료하였다.

나는 "할머니 어디가 편찮으셔서 이렇게 일찍 병원에 오셨습니까? 그런데, 우리 병원이 오늘 문 여는 걸 어떻게 아셨어요?"라고 물었고, 할머니는 "병원 벽에 붙여놓은 개원 안내 현수막을 보고 알았어요"라고 답했다. 두 달 전부터 병원 전면과 측면에 오픈 날짜를 크게 적은 플래카드를 걸어놓은 걸 보신 모양이다. 환자들이 개원 사실을 몰라서 안 오면 어쩌나 하던 막연한 걱정은 버려도 되겠다 싶었다.

80대 할머니는 감기에 걸려 동네 다른 의원에 다닌 지 한 달이나 되었지만 약을 먹어도 그때뿐이라 하셨다. 약을 끊으면 다시 기침이 나고 숨이 찬다는 것이었다. 나는 우선 혈압과 혈당부터 체크했다. 눈에 띄는 이상 소견은 보이지 않았다. 이어서 기침은 얼마나 하는지, 숨 쉬기는 어떤지, 가래는 끓는지 등등 환자에게 궁금한 사항을 물었다. 문진 결과 일단 천식이 의심됐다. 그래서 나는 곧바로 청진을 했다. 그르렁거리는 가래 끓는 소리와 쌕쌕거리는 '천명음(wheezing)'이 있었다. 그 환자는 천식의 전형적인 3대 증상(기침, 호흡곤란, 천명음)을 갖고 있었다. 그때가 4월 초순이라 꽃샘추위가 막 물러갔고, 꽃가루가 많이 날려 호흡기 질환이 많은 시기였다. 진찰을 마친 나는 확진을 위해 흉부 엑스레이 촬영, 폐기능 검사, 그리고 알레르기 피부반응 검사를 하였다.

검사 결과 천식이었다. 나는 기관지 확장제, 기관지염증 치료제와 알레르기 억제 약물을 처방했다. 환자는 나의 진료에 만족해했다. 지금까지 병원에 가면 몇 가지 물어보고는 주로 감기로 치료하였는데 적절한 검사들과 새로운 처방을 해주니 매우 만족해하며 병원 문을 나섰다.

환자는 처방한 3일치 약을 먹고 상태가 많이 호전되었고, 이후 호흡기 치료는 하양중앙내과에서 제일 잘한다면서 한동안 우리 병원의 홍보대사 역할을 톡톡히 해주셨다. 하양중앙내과에서 호흡기 환자 진료를 잘한다는 소문이 났고, 알음알음 소개로 포항이나 대구, 구미 등지에서도 먼 길을 달려오는 환자들이 많았으니, 나는 환자들 복이 많았다.

이렇게 첫 환자의 진료는 9시20분쯤 끝났다. 진료실 문을 나서는 할머니 너머 대기실을 보니 벌써 대여섯 명의 환자가 기다리고 있었다. 첫 환자를 진료하면서 병원 개원 소식이 어느 정도 알려졌구나 하던 안도감이 대기하는 환자들을 보며 확신으로 바뀌었다.

첫날 나는 모두 40명의 환자를 진료했다. 정말 눈코 뜰 새 없이 바쁜 하루였다. 지금이야 하루 40명 진료쯤은 누워서 떡먹기보다 쉽지만, 그때는 사뭇 달랐다. 환자 한 명 당 진료시간이 10분을 넘기기가 일쑤였고, 종일 9시간 동안 40명을 진료하느라 화장실도 제때 가지 못하고 난리법석을 떨었던 기억이 아직 생생하다. 이렇게 개원 첫날을 보내면서 몸은 녹초가 되었지만 앞으로 병원 개원이 성공할 것 같은 예감이 들었다.

야간진료

자신감이 붙은 나는 둘째 주부터 야간진료를 실시했다. 야간진료는 무엇보다 농사일로 바쁜 도농복합 지역의 어르신들을 고려한 조치였다. 나의 아버지, 어머니는 시골에서 농사를 지으며 4남 1녀를 공부시켜 주셨다. 나의 아버지, 어머니의 평생 살아오신 모습을 보면서 자란 나는 시골 분들의 살아가는 모습이 예나 지금이나 별반 다르지 않음을 안다.

시골에서 농사짓는 분들의 경우 춘삼월이 되면 농사일로 바빠져 새벽 5시만 되면 들판에 나가야 하는 경우가 대부분이다. 특히 날이 더워지기 시작하는 5월 이후에는 정말 바쁘게 지내고, 그 바쁜 시기는 11월 초·중순경 추수가 끝날 때까지 계속된다. 그리고 새벽에 들판에 나갈 때 집에서 간단하게 아침을 때우고 나가거나 아니면 아침밥, 중참, 점심식사까지 챙겨서 나가는 경우가 많다. 한낮에는 뜨거운 태양 아래서 일을 할 수가 없어서 들판에서 점심을 간단히 때우고 그늘에서나 원두막에서 한두 시간을 자면서 쌓인 피로를 풀고 다시 오후에 일을 하게 된다. 마치는 시간은 여름철에는 대개 저녁 7시 이후이고 늦어지는 경우는 저녁 9시쯤 되기도 한다.

농사일을 마치고 귀가하는 시간이 대충 저녁 7시가 넘는다는 점을 감안하면 야간진료는 시골 분들이 병원을 이용하는데 조금이라도 편의를 드리는 일이 되었다. 또한 야간진료로 병원을 하루 빨리 알리고, 단골환자를 만들어 병원을 안정시키고 싶었다.

개원 첫해 야간진료는 일주일에 두 번, 화요일과 목요일 저녁 9시까지 했다. 아울러 토요일에도 저녁 7시까지 야간진료를 했다. 밤늦게 병원을 찾아오는 응급환자들과 만성질환으로 약을 장기적으로 드셔야 하는데 직장에 매인 몸이라 야간에 병원을 찾게 되는 공단의 근로자, 직장인들과 농민들로부터 야간진료에 대한 고마움을 많이 전해 들었다. 간호사를 비롯한 직원들의 근무시간에 대한 배려도 중요하여 2001년부터는 화, 목요일 저녁 8시로 1시간 단축하였고, 토요일은 6시까지 야간진료를 하였다.

주52시간 근무와 주5일 근무제가 정착한 현재 야간진료를 하는 병원을 찾기는 더욱 힘들어졌다. 고용을 추가로 해야 하고 야간근무는 임금도 1.5배를 주어야 하므로 쉽지가 않다. 바쁜 일과로 직장에 매인 몸이라 낮에 진료를 받기 어려운 분들이나 야간에 갑작스레 아픈 분들은 야간진료, 공휴일 진료와 일요일 진료를 하는 병·의원이 여간 반갑고 고마운 게 아니다. 앞으로 정부와 국회에서는 공휴일에 진료하는 병·의원, 야간진료를 하는 병·의원에 인센티브 지급을 비롯해서 수가편성을 탄력적으로 하여 국민보건 향상을 위해 애쓰는 의료기관들에 대한 보다 적극적인 지원을 해주기를 바란다.

환자가 행복한 병원 진료원칙

개원 첫날 나는 40명을 진료했다. 요즘 개원하는 후배들 얘기를 들어보면, 첫날에는 대여섯 명 진료하는 게 고작이다. 그에 비해 40명이라면 대여섯 배나 많은 환자가 하양중앙내과를 찾았다는 말이다.

2000년 4월 10일 개원하여 처음 진료한 날을 지금도 생생히 기억한다. 진료를 끝낸 후 몸은 녹초가 되었지만 얼굴에 웃음이 가시지 않는 내게 지인들이 '출발이 좋은 편'이라고 격려를 해주었다. 이튿날도 하양중앙내과는 환자들로 북적거렸다. 아마 60여 명을 진료했던 것 같다. 첫날보다 1.5배나 늘었다. 사흘째는 80명, 나흘째는 100명을 돌파했다. 하루에 20여 명씩 환자가 늘어났다. 아무리 개원 빨이라 해도 개원 첫 주의 성적으로는 대만족이었다. 점입가경(漸入佳境)이란 말이 떠올랐다.

나는 진료실에서 환자들과 동네 이웃처럼 이런저런 살아가는 이야기를 나누길 좋아한다. 꼼꼼한 진료 스타일에다 이런 인간적인 모습이 더해지니 환자들은 진료에 만족하고 곧장 단골이 된다. 평소 단골환자가 많아 나는 '의사로서 복이 많다'고 생각하지만 때로는 화장실을 갈

진료실에서 웃으면서 진료를 보는 필자.

여유가 없을 정도이니 체력적으로 몸에 부칠 때가 많다.

아픈 탓에 인상을 찡그리며 진료실에 들어왔다가 환자들의 얘기를 들어주고 필요한 문진, 간단한 청진과 촉진만으로도 환자들은 다 나은 사람처럼 인상이 변하여 진료실을 나가는 것을 수없이 경험하였다. 주사를 맞은 것도, 약을 먹은 것도 아닌데 환자들의 얼굴에는 어떻게 웃음이 돌까.

환자들은 병·의원에 가면 권위적인 의사 앞에서 자신도 모르게 주눅이 들어 증상마저 제대로 말하지 못하는 경우가 많았다. 그러나 하양중앙내과를 찾는 환자들은 우선 진료실에서 밝게 웃으며 맞아주는 의사 앞에서 의사에 대한 긴장을 풀게 된다. 진료실에 들어온 환자의 증상과 병력에 대해서 이것저것 꼼꼼히 물어보고, 청진, 촉진을 비롯하여 꼼꼼한 진찰과 적절한 검사를 통해 병명을 정확히 알아내고, 적절한 치료를 하고자 하는 의사의 진심을 느끼는 순간 의사를 전적으로 신뢰하게 된다.

원장 만나는 재미에 마음이 행복하다는 여든 넘으신 와촌면 할머니.

나는 의사가 되기로 맘먹은 때부터, 특히 병원을 개원하면서 마음속에 새긴 '환자 얘기를 충분히 듣고, 쉽고 정확하고 그리고 충분하게 설명한다'라는 진료원칙이 있다. 병·의원에 가서 의사와 한두 마디 얘기하고 병명도 모른 채 약을 처방받아 나온 경험이 누구에게나 있을 것이다. 그러면서 속으로는 '진료가 너무 건성이다'라며 실망했던 경험 말이다. 환자는 의사에게서 상세히 진찰받고 친절히 설명 들을 권리가 있다. 더욱이 환자들은 의학적인 지식이 거의 없기 때문에 쉬운 말로 설명하지 않으면 잘 알아들을 수도 없다. 환자가 자신의 상태를 정확하게 인지하면 치료 과정에 협조가 잘 된다. 따라서 의사는 환자에게 상세하게 설명할 의무가 있다. 나는 지금도 이 원칙에 중점을 둔다.

나는 진료를 하면서 어떻게 하면 환자들의 마음을 편하게 해드릴까 고민해왔다. 환자들의 얘기를 열심히 경청해주고, 마음속의 응어리를 드러내도록 도와주며, 필요하다면 환자가 얘기하지 않은 부분에 대해서 물어본다. 그러면 일종의 '엔도르핀(Endorphin)효과'로도 환자는 빨리 건강을 되찾게 된다.

〈사진 위 왼쪽, 오른쪽〉 환자가 행복한 병원 .
〈사진 아래〉 직원들이 마련해준 필자의 생일파티.

건강보험심사평가원 심사제도에 관한 단상

나는 2000년 4월 개원 후 그 해 연말이 지날 때까지 건강보험공단 의료비 청구 필수 요건인 '전자차트 병명 기재'를 꿈도 꾸지 못하는 상태였다. 개원 초에 나는 전자차트를 다루는 데 능숙하지 않아 병명을 일일이 입력하며 환자를 진료할 여유가 없었다. 개원하던 해에 청구 작업을 위해 나는 일요일에도 병원에 나와 처방한 약제와 병명을 점검하느라 쉬지 못했다. 4월에 개원하였으나 연말에 가서야 밀린 청구 작업을 마무리 할 수 있었다.

건강보험공단으로부터 진료비를 지급받기 전에 병·의원에서 건강보험심사평가원에 환자진료내역을 전자문서로 전송하여 진료의 적정 여부를 심사받는 과정이 있다. 매월 초에 지난달 진료비 청구내역, 진료내역을 건강보험심사평가원에 전송한다. 건강보험심사평가원 심사 과정에서 처방, 검사내역과 관련된 상병이 제대로 입력되어 있지 않으면 청구액을 조정, 삭감한다.

의사들의 진료, 청구와 심사에는 복잡한 과정이 연계되어 있다. K

환자가 어느 달에 당뇨병, 감기, 관절염으로 각각 진료를 받았을 경우 상병을 그 날의 진료에 맞게 입력해야 한다. 하지만 환자를 진찰하고 검사하고 처방에 신경을 쓰다 보면 상병을 미처 제대로 수정하지 못하는 경우도 흔히 있다. 예로 상병란에는 감기 상병으로, 약물 처방내역에는 당뇨병 약물이 처방되었다면 건강보험심사평가원에서는 상병과 처방내역의 불일치로 삭감한다. 전에 이 환자가 수년간 당뇨병으로 진료 받고 당뇨병 약물을 처방받았던 기록이 있더라도 삭감된다. 이는 실수로 상병이 빠지거나 교체 입력이 안 된 경우이지만 삭감된다. 삭감이 되면 혈액검사, 병리조직검사 등 다른 의료기관에 수탁을 보낸 경우를 포함하여 검사에 들어간 비용을 지급받지 못하고, 심지어 진료와 검사에 따른 본인부담금까지 환급해야 하기도 한다.

삭감 혹은 조정이 된 경우 환자가 복용한 약제비까지도 의사가 부담해야 하니 의사들은 불합리한 현실이라고 생각한다. 앞으로 심사평가원에서 전산심사 보완체계를 마련하거나 전산에서 조정된 내역조차도 심사평가원들이 일일이 한 번 더 들여다보고 의료기관에서 환자들의 건강을 위해 열심히 진료하는 의사들의 작은 실수로 불이익을 당하는 일이 반복되지 않도록 제도적으로 뒷받침해주기를 바란다.

의약분업

2000년 4월 개원 당시에는 의약분업이 이루어지지 않아 병원 내에서 조제까지 하였는데, 그해 6월에 의약분업이 전격 실시되었다. 김대중 정부 시절이었는데 의료계의 의약분업 반대투쟁을 비롯한 많은 진통 끝에 보건복지부장관, 대한의사협회, 대한약사협회 등과 시민단체 대표자들이 한자리에 모여 의약분업 실시에 전격 합의했다.

그 과정에서 나는 대한의사협회의 의약분업 반대집회에 열심히 참가하였던 기억이 난다. 2000년 6월 15일부터 7월초까지 3주 정도 실시한 전국 의료계 동시파업에 동참하였고, 각종 집회에도 참여했다. 당시 국민의 생명과 건강을 지키기 위해 의약분업 반대 투쟁에 앞장섰던 많은 의료계 대표자들이 적극 주동자로 분류되어 국세청, 건강보험공단, 보건소로부터 세무조사와 각종 조사를 받고 병원영업정지 처분에 인신구속이 된 분들도 있었다. 해방 후 수십 년간 지속되어 온 의료제도가 바뀌는 과정에서 있었던 엄청난 홍역이었다.

'진료는 의사에게, 약은 약사에게'라는 의약분업의 모토 아래 의사가 정확한 진단, 적절한 처방을 내리면 약사는 처방에 따라 조제, 복약 지도를 한다. 의약분업 이후 병·의원은 경영이 어려워지고 약국은 좋아졌다고 한다. 의약분업 이전 약국들은 주로 박리다매 방식으로 경쟁을 했고, 특히 대형약국에서는 의약품을 저렴하게 구입할 수 있었기에 매약은 대형약국 위주로 쏠렸다. 의약분업 후 약국 매출은 인근 병원에서 발행되는 처방전 숫자에 따라 달라진다. 병·의원과 의사들의 평판과 명성에 좌우되어 병·의원 환자들의 숫자가 달라지므로 환자가 많은 병·의원에 인접한 약국은 흔히 대박이 난다고 한다.

비만클리닉

과체중이나 비만의 단계를 넘어 고도비만이 되면 신체적인 여러 질병이 초래되고, 날씬한 체형을 좋아하는 사회분위기상 정서적 위축과 대인관계에 심한 지장을 초래하기도 한다. 과체중이나 비만이 지속되면 우선 무릎관절 부위에 퇴행성관절염과 족저근막염이 흔히 생긴다. 복부비만이 심하면 요추 부위 자세가 틀어져 만성요통이 유발된다. 과체중이나 비만이 지속되면 고혈압, 당뇨병의 발병도 많다. 이외에도 비만은 많은 내과 질환들과 관련이 있다.

과체중이나 비만으로 인한 여러 가지 합병증, 후유증을 미연에 방지하고자 개원한 이듬해부터 나는 비만클리닉을 시작했다. 내과 의사들은 비만클리닉에 별로 관심을 두지 않을 때였다. 내과에서 무슨 비만클리닉이냐며 곱지 않은 시선으로 바라보는 의사들도 있었다. 그 후 몇 년이 지나자 비만은 국민적 관심사가 되기도 하였다. 많은 사람들이 체중과 체형에 관심을 갖게 되었고 , 비만클리닉에 관한 환자들의 니즈가 늘었다. 이에 발맞춰 너도나도 의사들이 비만클리닉을 운영하였다. 나는 19년 전 다른 의사들이 관심을 그다지 갖지 않던 시절 비만 클리닉을 시작한 사실에 큰 자부심을 느낀다.

2001년부터 식욕억제제, 지방흡수억제제, 그리고 체지방분해제 등의 비만약물, 칵테일주사요법을 사례별(case by case)로 사용하였으며, 필요시 저주파기기, 초음파장비 등을 간간이 사용하였다. 지난 19년간 수많은 환자들이 비만클리닉을 다녀갔는데, 키 170cm, 체중 115kg이었던 20대 후반 K양이 약 5개월 동안 체중 35kg를 감량해 체중 80kg로 이듬해 결혼하였던 일은 잊을 수 없다.

비만학회에서는 4주 기준으로 체중 2kg 혹은 체중의 5% 감량을 추천하고 있다. 하지만 빠른 체중 감량을 원하는 환자들이 대부분이라 대체로 환자들의 형편에 맞추어 감량 속도를 조절한다. 경험상 대개 한 달에 4~5kg 정도의 체중 감량이면 부작용이 없고 무난한 것 같다. 한 달에 체중 10kg 이상을 감량해 드린 적도 여러 번 있었다.

다이어트, 예방적 치료

체중과 체형에는 각자의 식습관, 운동습관, 그리고 생활습관을 포함한 많은 부분이 내포되어 있다. 50대 초반의 A, B 두 사람은 체격도 비슷하고 체형도 비슷했다. 하지만 어느 날부터 A는 음식도 마음껏 먹고 술을 자주 마시며 운동도 거의 하지 않았다. B는 체중에 신경 쓰며 현재의 체형을 유지하려고 나름대로 식사조절과 운동을 하면서 살았다.

그렇게 10년이 흐른 뒤 A는 비만, 당뇨병, 고혈압, 고지혈증 등의 진단을 받았다. B는 검진에서 혈당, 혈압, 지질수치 등 모든 점에서 정상을 유지하고 있었다. 60대 초반의 A, B의 남은 인생의 삶의 질과 기대수명은 크게 달라진다. 매일 약을 복용하며 향후 10~20년의 삶을 살아갈 A, 열심히 운동하고 음식조절하며 향후 20~30년을 활동적으로 살아갈 B로 갈라진다. 우리는 누구나 적극적이고 주적인 삶을 살아가는 B의 모습을 원한다.

의사는 환자를 진료하고 치료하는 게 책무지만, 동시에 질병의 조

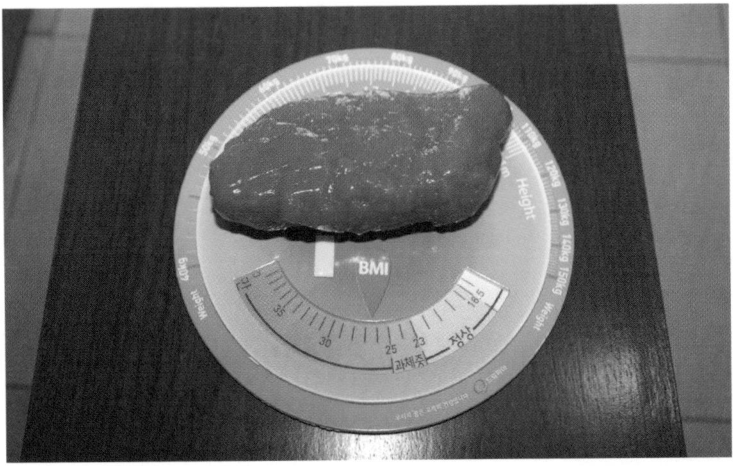

지방 1kg 모형.

기발견과 예방을 위해 노력하여야 진정으로 훌륭한 의사이다. 키 175cm, 체중 100kg인 P씨는 고도비만이다. P를 체크해보면 당뇨병, 고혈압 관련 수치들이 경계선 이하에 머무는 경우도 허다하지만 비만이 장기간 지속되면 당뇨병, 고혈압으로 진행될 가능성이 많다. 따라서 옳은 의사라면 P에 대해 식습관, 생활습관 교정과 단계별 운동요법으로 예방적 치료를 해야 한다.

하지만 우리나라에서 예방적 치료는 병원 경영에 도움이 되지 못한다. 별도의 상담수가가 책정되어 있지 않다. 의사가 신경 쓰는데 비해 보상은 거의 없다. 그러니 예방적 치료는 국가나 혹은 사회에서 감당할 몫이라는 인식이 강하다. 발병 가능성이 매우 높은 상태에서 선제적으로 대응해 발병을 막을 수 있다면 환자의 경제적 부담도 줄고 건강보험공단을 비롯한 국가의 공적 비용도 줄어들게 마련이다.

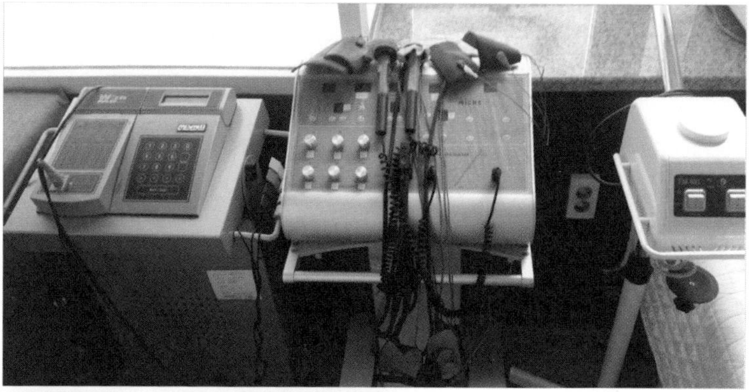

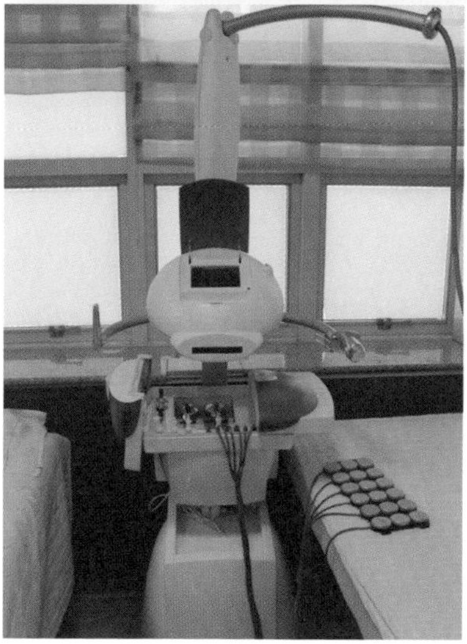

〈사진 위〉 비만치료용 저주파 장비.
〈사진 왼쪽〉 비만치료용 초음파 장비.

1인당 국민소득이 3만 달러를 넘어 선진국에 진입하고 있는 마당에 국가에서 질병 예방을 위한 의사들의 노력에 대한 상담수가 신설로 적극적인 뒷받침을 해주기를 바란다.

동네병원 CEO

사람들은 대개 구멍가게를 하면서 '경영'한다고 하지 않는다. 하지만 나는 '하양중앙내과를 경영하고 있다'고 말한다. 경영학에서 규정하는 '경영'의 개념은 체계적인 운용으로 가급적 많은 수익을 실현하는 일이라고 한 줄로 요약될 것이다. 경영을 위해 사람을 어떻게 쓰고, 원가 관리는 어떻게 하고, 소요경비는 어떻게 할지 등 효율적인 '경영'을 위해 각 요소들을 체계적이고 짜임새 있게 설계하고 집행해야 한다.

병원을 오픈하면서 '경영'이란 말을 쓰고, 또 내가 '원장'이며 'CEO'(벤처기업이 활발하기 전 1990년대만 해도 'CEO'라는 말은 낯설었고, 대신 사장이란 말이 널리 쓰였음)라고 하자 사람들은 처음 듣는 용어라며 나를 다시 쳐다보았다. 지금이야 동네병원을 '경영한다'고 하면 수긍해주는 사람들이 많지만 당시에는 그렇지 않았다.

하양중앙내과가 하양에서 열한 번째 개원한 의원이었다. 인구 2만 8천 명이었던 하양에서 의원이 11개 있었으니 경쟁에서 살아남기 위해 남다른 노력이 필요했다. 구멍가게에서도 물건을 팔기 위해서는 제

경산산업단지관리공단과 업무협약 체결 장면.

품이 좋아야 하고, 가격이 싸야 하고, 판매원들이 친절하고, A/S도 잘 되어야 한다. 환자들이 다시 찾고 싶은 병원이 되려면 트렌드에 맞는 인테리어, 직원들의 친절한 응대, 의사의 세심한 진료, 정확한 진단과 탁월한 치료효과가 필수이다. 병명, 치료과정과 경과 설명, 예상되는 후유증 및 후유증을 줄이기 위한 방법, 나아가 다음 내원 스케줄 등에 대한 의사의 친절하고 상세한 설명이 환자들로 하여금 그 병원을 다시 찾게 만든다. 내가 '경영'의 개념을 도입하고 '의원 경영'의 의미를 깊이 생각한 이유들이다.

나는 동네의원을 '경영'한 덕분에 지금껏 꾸준한 성장을 할 수 있었다. 그동안 숱하게 생겼다가 사라지는 병원들을 생각해보면 앞에서 밝힌 나의 '경영' 전략과는 분명 차이가 있었을 것이다.

병원 공사에서 조심해야 할 인테리어, 건축업자

효율적인 '경영'을 위해서 개원한 지 3년이 안 되어 병원을 증축하였다. 개원할 당시 50평의 협소한 공간으로는 내과 진료에 필요한 종합적인 기능들을 효율적으로 해낼 수 없었다. 환자들이 진료실과 검사실의 좁은 공간 때문에 불편한 면이 있었다. 가능하면 실내 공간이 넉넉하고 쾌적해야 내원 환자들이 정서적으로 편안함을 느낀다. 2002년 2월 병원 바로 옆 대지 35평을 추가로 구입하였고, 2002년 하반기에 들어서면서 증축 준비를 시작해서 2003년 3월에 증축 공사를 끝냈다. 아울러 2003년 7월에는 증축된 신관과 기존 구관의 인테리어를 새롭게 단장했다.

2003년 7월 인테리어 공사를 끝내고 나는 오랫동안 인테리어공사 업자로부터 전혀 예상치 못했던 시달림을 받았다. 인테리어 공사가 끝나자 업자는 애초 계약했던 금액에다 그 절반가량을 추가로 요구했다. 나는 업체의 주장에 도저히 공감하거나 동의할 수 없었다. 계약했던 공사비보다 50%나 추가로 요구하는 건 상식적으로 이해가 되지도 않았다. 후에 알게 된 사실이지만 인테리어나 건축공사업계에서 흔히 있는 일이라고 한다. 내가 나쁜 업체의 농간에 당했다는 것이다. 우선 공사를 수주하기 위해 덤핑 견적을 넣고, 수주하여 공사 과정에서 이것저것을 바꾸자고 제안해 계약금액보다 훨씬 많은 공사비를 요구하는 업체들이 많다는 것이다.

소송은 1년간 이어졌다. 진료가 없는 일요일에는 법원에서 파견한 감정사, 인테리어업자와 함께 인테리어 감정을 하느라 쉬지를 못했으니 마음고생이 심했다. 결국 2004년 여름 법원에서는 업자가 요구한 금액의 50%를 주라고 판결했다. 대법원까지 가서 판단을 받아보고 싶었지만 1년간 소송에 매여 있다 보니 심신이 지쳐 재판을 빨리 끝내고 싶었다. 그 이듬해 대구에서 개원한 모 내과원장의 경우 건물을 신축하고 인테리어를 했는데, 나와 똑같은 꼴을 당했다.

일부 인테리어업계의 잘못된 관행이 '칼만 안 든 도둑놈들'이며 사기꾼들이라는 생각을 지울 수 없었다. 대다수 선량하게 일하는 인테리어 업자와 건축업자들이 일부 사기꾼들 때문에 '도매금'으로 욕을 얻어먹는다. 그 후 나는 인테리어 업자나 건축업자들에 대한 신뢰가 많이 무너졌다. 앞으로 건축이나 인테리어를 다시 할 일이 있다면 사기꾼은 만나지 않아야 한다.

호사다마好事多魔, 갑상선암 수술

시골에서 태어나 가난 때문에 중학교 졸업조차 불투명했던 내가 의과대학을 졸업하고 전문의가 되기까지의 과정은 정말 고군분투(孤軍奮鬪)라는 말로 설명할 수 있을 것인데, 전문의 자격증을 따고 나서 곧바로 '하양중앙내과'를 개원하고 '경영'에 매진해 온 과정 역시 분투기(奮鬪記)라는 용어 대신 다른 표현은 없을 듯하다.

개원한 이후 나는 정말 주말이나 공휴일에도 제대로 쉬어본 적이 없다. 병원 진료는 없지만 초보 CEO가 처리해야 할 잡무가 흔한 말로 장난이 아니게 많았다. 특히 처방에 사용한 약들에 대한 정확한 병명을 기입한 후 건강보험공단에 진료비를 청구할 수 있는데, 이 작업에 엄청난 시간이 소요되었다. 초보 개원의사라 요령도 부족했고, 워낙 꼼꼼한 성격이라 대충 넘어가지도 못하였다. 나는 진료할 때 환자의 기다림을 덜어주기 위해 약 처방을 먼저 해주고 나중에 시간을 내서 처방에 대한 병명을 기재하곤 했다. 빠진 병명을 제대로 기재하는 작업을 편하게 할 수 있는 때는 주말이나 공휴일 밖에 없었다. 그러니 평일에는 진료, 주말엔 처방에 대한 병명 기재 등으로 제대로 쉴 수 있는 시간이 별로 없었다.

이렇게 몸을 혹사시키는데, 당해낼 장사가 있을까. 2005년부터 내 몸에 이상이 생기기 시작했다. 진료 시에 약속된 묶음처방으로 노동 강도가 크게 줄었음에도 토요일이 되면 몸이 무기력하고 녹초가 되는 기분이었다. 휴일에는 가족들과 함께 외식도 하고 바람도 쏘이고 싶었지만 만사가 다 귀찮았다. 그냥 집에서 잠만 잤다. 처음에는 나이가 마흔 줄에 접어들어서 그런 게 아닌가 싶었다. 겪어본 사람들은 공감하겠지만, 나도 서른아홉과 마흔의 차이가 확연했다. 한 살의 나이차에도 불구하고 확연히 느낄 만큼 몸이 나빠졌음을 경험했다. 물론 삼십대와 사십대가 주는 어감이 다르고, 신체적, 생리적 기능도 해가 갈수록 나빠지며, 그로 인한 사십대의 심리적 위축감이 겹쳐서 몸이 힘들다고 느낄 수 있을 것이다. 그래서 나는 나의 무기력함에 큰 의미를 두지 않았다. 지내온 지난 일주일을 돌이켜보면 그럴 만도 했다. 종종걸음 치며 숨돌릴 여유가 없을 만큼 정말 바쁘게 보냈다. 그래서 몸이 안 좋아도 과로로 인한 것이려니 생각하였고, 휴일에 푹 쉬면 괜찮아질 거라는 생각을 했다. 힘들면 쉬고, 쉬고 나면 다시 활력이 생길 거라 믿었다. 출근 중 차 안에서도, 때로는 진료실의 전자차트에서 10여 명의 환자들이 진료를 기다리는 상황을 인지하는 순간에도 갑작스레 돌로 누르듯이 가슴이 답답해졌다. 대기자들의 명단을 보면서 환자들을 빨리 봐주어야 한다고 생각하는 순간 불안, 초조가 나도 모르게 엄습해오곤 했다. 바쁜 업무, 여유 없는 생활이 반복되면서 과도한 스트레스로 나도 모르게 공황장애를 앓았다.

단순 피로로 휴일에 쉬면 괜찮아지겠지 하던 나의 생각이 틀렸다는 걸 몇 년이 흘러 깨달았다. 2009년 3월 대학동기가 운영하는 영상의학과에 가서 만성피로감을 얘기하고 복부 초음파와 갑상선 검사를 받았다. 그런데 갑상선에서 1cm 크기의 결절이 발견됐다. 결절은 양성인지 음성인지 몰라 세침흡인세포검사(일명 FNA)를 해보았는데, 검사 결과는 양성 갑상선 결절이었다. 갑상선 전문 후배 대학교수도 양성결절이라 그냥 둬도 별 문제는 없을 거라고 하였다.

몇 달 뒤 여름휴가로 가족들과 함께 여행을 갔다. 여행지에서 큰딸이 갑상선에 있는 혹은 언제 수술할 거냐며 아빠를 걱정했다. 그 후 추석 무렵 찜찜하니까 수술하면 어떻겠느냐고 큰딸은 다시 아빠를 걱정했다. 큰딸의 걱정이 계속되자 나는 그 해 연말 내에 수술하기로 맘먹었다. 성탄절을 즈음해 가족들과 겨울여행을 하곤 하였는데, 겨울여행 대신 수술을 하기로 하고 11월쯤에 대학병원에서 진찰하고 수술 날짜를 미리 잡을 생각이었다.

2009년 11월 19일 계명대학교 동산의료원 권광보 교수님께 진료를 받았다. 갑상선 초음파를 보시던 영상의학과 교수님은 고개를 좌우로 갸웃거리며 갑상선 결절의 모양과 성상이 예사롭지 않다고 했다. '세침흡인세포검사(일명 FNA)'를 실시했다. 결절 부분에서 뽑아낸 내용물에는 짙은 초콜릿색의 농(pus)이 배여 있었다. 교수님은 결과가 나쁠 수 있다는 뉘앙스로 말씀하셨다.

1주일 후에 나온 세침흡인세포검사 결과는 '유두상갑상선암(Papillary thyroid cancer)'이었다. 갑상선암의 여러 타입 가운데 '유두

상갑상선암(Papillary thyroid cancer)'은 전체의 70%를 차지하는 암이었다. 그런데 갑상선 양측 엽에 모두 결절이 있었고 주위 임파선까지 전이된 상황이라 갑상선암 3기였다.

살다보면 좋은 일이 있으면 나쁜 일도 있다. 유식한 말로 호사다마(好事多魔)라 했던가. 사람들의 병을 고쳐주는 의사인 내가 암에 걸리다니 참으로 아이러니였다. '중이 제 머리 못 깎는다'는 말이 이런 경우에 써 먹으라고 생긴 말이다. 비록 내가 의사이지만 내 몸 하나 제대로 챙기지 못했던 것이다. 나는 진단 결과를 담담하게 받아들였다. 운명이라면 받아들일 수밖에 없지 않겠냐고 애써 담담한 척하였지만 남은 수명이 5년이 안 될 수도 있다는 생각이 들자 참담한 마음이었다. 그렇다면 앞으로 무슨 일을 어떻게 해야 하나, 어떻게 삶을 정리하나 등등 여러 생각들이 머릿속을 채웠다.

권굉보 교수님은 낙담한 모습의 나를 배려해서 내일이라도 당장 수술해주겠다고 하셨다. 나는 급하게 대진의를 구하고 2009년 12월 3일 수술을 받았다. 양측 갑상선에 모두 암이 있어 갑상선 전부를 절제했고, 또 임파선 20여 개(level4까지 절제)를 절제하는 등 4시간에 걸쳐 수술이 진행됐다. 수술은 성공적으로 무사히 끝났다.

수술하기 전 나는 갑상선암으로 진단받고 수술을 받는다는 얘기를 아내에게 하지 않았다. 단지 갑상선에 혹이 있어서 그걸 제거하는 게 좋고, 그냥 두면 암으로 진행될 가능성이 있어서 수술하는 거라고 얘기했다. 의료진에게도 가족들에게 사실대로 말하지 말라고 부탁하였다. 가족들이 병을 치료하는데 도움을 줄 수 없고 가족들에게 걱정거리만 되기 때문이라고 생각했다. 그런데 아내가 눈치를 챈 거 같았다. 수술을 담당했던 교수가 회진을 돌 때 수술 결과에 대해 하는 얘기를 듣고 뭔가 이상한 낌새를 챘던 것이다. 아내는 뭔가 자기에게 숨기는 게 있느냐고 물었다. 수술 결과가 좋다는 얘기를 들었던 터라 나는 아내에게 암 진단과 수술까지의 그동안의 경과를 얘기해줬다. 아내는 남편 간호와 아이들을 돌보느라 며칠간 병원과 집을 오가며 차 안에서 눈물을 펑펑 쏟았다고 한다.

성공적인 수술과 퇴원 후에 혹시 남아 있을지도 모를 암세포를 완전히 제거하기 위해 나는 '방사선요오드치료'를 받았다. '방사선요오드치료'에는 저용량, 고용량 두 타입이 있는데, 나는 암세포가 레벨4 임파선까지 전이된 상황이어서 고용량치료를 받아야 했다. '방사선요오드치료'를 위해 갑상선 수술 후 두 달이 지난 2010년 2월 설 명절에 고용량치료가 가능한 경북대학병원에 입원했다. '방사선요오드치료'는 대학원 시절 의학 박사과정 지도교수이셨던 핵의학과 이재태 교수님이 해주셨다. 명절에도 부모님이 계시는 고향에 다녀오질 못했다. 부모형제들은 나의 암 수술 사실을 전혀 모르고 명절에 당직병원으로 지정되어 고향에 못 오는 줄 아셨다.

이렇게 수술과 방사선 치료까지 무사히 마친 나는 철저하게 관리하며 살아야 했다. 갑상선 양측 엽을 모두 절제해 갑상선 호르몬이 전혀 분비되지 않기 때문에 나는 평생 갑상선 호르몬제를 복용하면서 2~3개월마다 주기적으로 혈액검사를 하여야 한다. 그리고 주기적 초음파 검사를 통해 갑상선암의 재발 여부를 체크해야 한다.

갑상선 절제 수술 뒤에는 음성이 잠기고(성대신경 손상 때문), 침샘에 영향을 주어 침 분비가 여의치 않게 되는 경우가 많다. 고음 불가로 노래를 부르지 못할 수 있지만 1~2년 충분한 시간이 지나면 정상으로 회복된다. 수술 뒤 나도 약 1년 정도는 음성이 쉽게 잠기고, 침 분비가 여의치 않아 혀가 바싹 말라 진료를 하는데 적잖은 어려움이 있었다.

갑상선암 진단과 관련하여 나에게 일어났던 일련의 오류를 경험한 나는 환자들에게 생명에 지장을 초래할 가능성이 있는 중한 질환의 경우 시간과 경비가 이중으로 들더라도 가급적 두 군데 정도의 병원에 가서 크로스체크를 받도록 권한다. 주치의가 내린 진단을 다른 의사에게서 다시 확인하게 되면 오진의 확률을 최대한 줄일 수 있기 때문이다. 혹여 있을 수도 있는 의사의 실수와 여러 변수를 고려한 조치이다.

44세 젊은 나이에 갑상선암으로 수술을 받았던 나는 갑상선암 예방을 위해서 성장기 아이들은 병원에서 두·경부, 흉부에 방사선 촬영을 가급적 최소화하는 것이 좋겠다고 생각한다. 또한 갑상선암뿐만 아니라 모든 암 예방을 위해서 가급적이면 스트레스를 받지 않도록 애쓰고, 스트레스를 빨리 해소하기를 바란다.

오래 전 읽었던 어떤 책의 내용이 떠오른다. 인간의 삶은 기쁜 일보다 슬픈 일이 훨씬 더 많다. 그럼에도 사람들은 긴 슬픔과 슬픔 사이 잠깐의 기쁜 일 덕분에 잘 견뎌낼 수 있다. 기쁜 일은 마취제처럼 슬픈 일 다음에 나타나 이전의 아픔을 치유하고 또 살아갈 에너지를 준다. 인생은 이처럼 슬픔과 기쁨이 번갈아 출연하는 한 편의 연극이다.

그렇다. 나는 이렇게 갑상선암을 극복하고 다시 열심히 주어진 인생을 살고 있다.

왕성한 의사회 활동

'나는 의사다. 그러므로 존재한다!'

아마도 이 명제가 나의 정체성을 가장 분명하고 확실하게 말해주는 것 같다. 그렇다. 나는 의사다.

의사는 무슨 일을 해야 할까.

그건 당연히 환자를 치료하는 일이 가장 기본이며, 환자들의 건강 증진에 이바지해야 한다.

또한 의사는 사회구성원의 일원으로 사회와 소통하고 봉사하려는 노력이 필요하다. 그런 점에서 나는 다양한 사회활동을 해오고 있다. 이 부분은 책의 제5부에서 소개하고자 한다.

마지막으로 의사라면 해야 할 일이 동료 의사들과 소통하고 동료들의 권익을 보호해야 한다. 이런 의사의 역할을 위해 나는 의사회 활동에 적극 참여한 바 있다.

개원한 지 3년째인 2002년에 접어들자 병원은 안정궤도에 접어들었다. 환자 수는 꾸준히 일정 수준을 유지했고, 지역의 평판도 좋았다.

평소 다양한 분야에 관심이 많던 나는 병원 진료 이외의 활동을 시작했다. 2003년 1월에 열린 경산시의사회 총회에서 장기호 신임회장이 선출되었다. 나는 성격이 활달하고 사람들 만나는 일을 좋아하며 바깥세상에도 관심이 많아 공보이사로 신임회장을 도왔다. 지역의사회 대변인 격이고 지역의사회 소식을 지역 신문, 방송에 내보내고, 지역민들에게 알리는 역할이라 마음에 들었지만 막상 시작해 보니 특별히 언론사를 상대할 일은 없었던 거 같다.

2년 임기의 공보이사 역할을 끝내고 2005년부터 대외협력이사로서 새로운 2년의 임기를 시작하였다. 그러다 2007년에는 기획이사(총무이사)로 장유석 신임회장님을 도왔다. 2008년 2월 세 딸들과 아내가 1년간 뉴질랜드로 유학을 떠났고, 나도 함께 뉴질랜드로 떠날 작정이라 2008년 1월 기획이사를 사임하였다.

지역의사회에서 활동하며 가장 기억에 남는 일은 2007년 가족송년회가 아닌가 싶다. 경산시의사회에서는 2년에 한 번씩 가족송년회를 갖는다. 2005년 가족송년회에서 적지 않은 비용을 지불하고 전문 사회자에게 맡겼는데, 의사들과 가족들에 대한 이해 부족으로 행사 진행이 재미도 없고 겉돌았다. 유머와 조크를 하며 애를 쓰는 모습이 역력했지만 의사들과 동떨어진 소재들이라 공감을 불러일으키지 못했다.

2007년 가족송년회는 기획이사로서 내가 이 행사를 주관해야 하는 상황이었다. 2년 전 송년회의 불만족을 거울 삼아 사회자를 누구로 할 것인가가 중요한 과제였다. 송년회 행사 준비와 관련하여 회의를 할 때마다 여러 의견들이 나왔지만 결국 기획이사가 사회를 맡는 걸로 결론이 나버렸다.

나는 담담하게 받아들이고 열심히 준비하면 잘 해낼 수 있을 것 같았다. 그런데 막상 준비를 하는 과정에서 심적 부담감이 적지 않았다. 그러나 이미 결정이 났으니 번복하고 싶어도 자존심이 허락하지 않았다. 열심히 준비해서 멋진 사회를 보는 일만이 내가 선택할 수 있는 유일한 해법이었다.

행사까지는 두 달의 시간이 남아 있었다. 나름대로 행사 시나리오를 짜서 열심히 연습했다. 송년회를 하는 다른 행사장도 찾아다니며 눈동냥 귀동냥을 했다. 조만간 송년회 행사에서 사회를 봐야 하는 처지에서 행사를 지켜보니 회원으로 단순히 행사를 즐기기만 했던 때와 느낌이 완전히 달랐다.

사회자의 매끄러운 진행 못지않게 중요한 것은 프로그램이었다. 나는 1부 행사와 2부 여흥시간의 프로그램을 재미있고 알차게 꾸미려 노력했다. 대략 의사회원 및 가족 120여 명이 참석하는 행사라 제대로 준비하지 않는다면 이런저런 구설수에 시달릴 게 뻔했다. 의사회원의 가족, 특히 아이들이 참석해 함께 즐길 수 있는 프로그램을 많이 준비했다.

철저히 준비한 탓인지 행사 프로그램은 물론 행사 사회까지 내용, 형식이 모두 좋았다고 참석자들이 이구동성이었다. 송년회를 사랑하는 가족과 함께 실컷 즐겼다는 표정들이었다.

나는 이 행사를 통해 내 안에 연예인의 기질이 있음을 발견했다. 나는 세 딸 가운데 큰딸이 대학에서 방송연예학과, 작은딸이 연극영화과에서 공부하고 있는데, 내 끼를 물려받은 것이 아닐까 가끔 생각해본다. 막내딸은 열심히 공부해서 아빠의 뒤를 이어 의사가 되어 주기를 바라지만 셋째 딸도 중학생으로 가요제 오디션을 보는 등 예술적 재능이 언니들에 못지않은 것 같다.

지역의사회 활동 가운데 또 하나 기억에 크게 남은 일은 2007년 3월에 있었던 '의권쟁취투쟁'에서 기획이사로서 주무이사 역할을 했던 일이다. 경산시의사회 이사회에서 의권 쟁취를 위한 의사 파업 동참을 결의했다. 이때 나는 기획이사로서 투쟁이 차질 없이 진행되도록 준비하는 임무를 맡았다. 간사를 통해 의사회 전 회원들에게 투쟁 상황과 일정에 대해 문자로 알리는 한편 여러 준비를 진행했다. 파업은 일요일 오후 1시에서 오후 4시까지 경기도 과천 정부청사 앞에서 하는 걸로 예정돼 있었다. 경산시의사회 회원 120여 명 가운데 60여 명이 참여하겠다고 의사를 밝힘에 따라 대형버스 2대를 마련했다. 또 광고업체에 의뢰해 행사 당일 사용할 피켓을 만들고 대형버스로 이동 중에 필요한 음료, 주류, 과자류, 포, 기타 음식물 등을 장만하느라 분주했고, 꼼꼼하게 준비했다.

경산시의사회 집행부는 의권 쟁취를 위한 의사 파업 동참에 관해서 적극적인 입장이었다. 회원 상호 간의 소통과 단결도 잘 되었고 투쟁에 적극 협조하는 의사들이 많았다. 일요일 아침 7시 월드컵경기장에서 출발하였다. 과천에 도착하니 오전 11시 30분이었다. 의사들 대부분은 공부만 하던 모범생들이라 시위가 낯선 일일 뿐 아니라 어떻게 하는지도 모르는 상황에서 대부분 의사들은 투쟁 현장이 낯설은 표정이었다. 대한의사협회가 주관하고 전국 시·도 지부, 시·군 지회에서 수만 명이 참여하였기에 혼란스러웠지만 준비된 매뉴얼에 따라 순조롭게 진행되었다. 오후 4시에 행사가 종료되었고 우리는 관광버스에 다시 올라 삼삼오오 술잔을 기울이며 휴게소에서 저녁을 때우고 저녁 9시가 넘어서야 경산에 도착하였다.

평소 나는 시위도 목적을 이루는 방법 중 하나이고, 폭력 없는 건전한 시위는 때에 따라 활용할 필요가 있다고 생각한다. 머리띠를 두르고 인상을 쓰며 악을 박박 쓰는 그런 시위보다는 요구조건을 절제된 언어로 차분하게 밝히는 시위가 더 효과적이라 생각한다.

그 해 여름이 지나갈 무렵인 2007년 8월 26일 오후 2시부터 휴진하고 경산여성회관에 다시 모였던 '대정부 투쟁 의권 쟁취 궐기대회'에도 많은 의사들이 참여했다.

한편 경산시의사회 공보이사로 재임 중 2003년부터 경상북도의사회 회지 편집위원으로도 활동했다. 나중에 계간지로 바뀌었지만 당시 연 1회 발행되었던 경북의사회지 편집을 위해 2008년까지 활동했다. 경산시의사회와 경북도의사회 활동에 열심이었던 덕분에 2007년, 그리고 2009년 경상북도의사회장 표창을 두 번이나 받았다.

2015년부터 대한의사협회 제39대 추무진 의사회장 집행부에서 대외협력자문위원, 남북의료협력위원회 위원으로 활동하였고, 현재 제40대 최대집 의사회장 집행부에서도 대외협력자문위원으로 활동 중이다.

제5부

■

세상 속 이덕영 이야기

크리스천 이덕영

나는 크리스천이다. 어느덧 신앙생활도 30년을 넘었다. 내가 처음 기독교와 접하게 된 건 중학교 시절이었다. 가정 형편이 어려웠던 나는 1979년 중학교 1학년 2학기 10월부터 12월까지 약 3개월간 고맙게도 마음 따뜻한 자취방집 주인할머니를 만나 월세도 내지 않고 기거하였는데, 그때 같은 방에서 한 달 정도 함께 생활했던 신학대학 다니던 전도사님과 인연이 있었다. 전도사님은 주로 삼시세끼를 라면으로 때웠다. 일견 보기에도 나보다 형편이 더 안 좋아 보였다. 그는 한 달가량 머물다 다시 서울로 올라가면서 『갈매기의 꿈』을 비롯한 소책자 두 권을 선물로 주셨는데 감명 깊게 읽었다.

리처드 바크의 소설 '갈매기의 꿈'에서 주인공 갈매기 조나단 리빙스턴은 동료들의 배척과 자신의 한계에도 좌절하지 않고 끊임없는 자기 수련을 통해 완전한 비행술을 터득하고 마침내 무한대의 자유를 느낄 수 있는 초현실적인 공간으로까지 날아올라 꿈을 이룬다. 갈매기 조나단 리빙스턴은 여기에 만족하지 않고 동료 갈매기들을 초월의 경지에 도달하는 길로 이끈다. 그 전도사님은 지금쯤 어딘가에서 훌륭한 목자가 되어 어린 양떼를 이끌고 계실 것이다. 그 전도사님을 다시 한 번 만나보고 싶다.

1980년 중학교 2학년 1학기에도 여전히 나는 어려운 가정 형편 때문에 '동가식서가숙(東家食西家宿)' 하며 힘겹게 학교를 다녀야 했다. 내가 한 학기 동안 얹혀살았던 4촌형의 자취방집 주인할머니가 권사님이셨는데, 권사님을 따라 새벽기도를 몇 번 나갔다. 1980년 당시 새벽 4시 반 교회 종소리에 나는 잠을 깨곤 하였는데, 이른 새벽 고요함 가운데 울려 퍼지는 교회 종소리는 힘겨운 세상에 늘 사랑과 평화를 전하는 소리였다.

그러다 계명의대 의예과에 다니던 시절 독실한 절친(친구 정형일)을 따라 대구제일교회를 가끔 나갔고, 학내 기독서클 CMF(기독의과대학생연합, Christian Medical Federation)에 가입하였다. 의예과 2학년 여름방학 때 'CMF 전국수련회'에 참가하였다. 전국에서 5백여 명의 의학도들이 경남지역 어느 수련관에 모여 3박 4일 일정으로 성경 공부, 찬양, 율동, 그리고 기도회 등 다양한 프로그램으로 진행되는 수련회였다. 내가 예수님을 처음으로 영접하였던 그 수련회를 마치고 집으로 돌아온 후 바라보는 세상의 모습은 무척 아름답게 느껴졌다. 예수님을 영접하였던 순간의 감동은 지금도 생생하다.

그 후 주일마다 계명대학교 의과대학이 있는 서문시장 옆 서문교회에 열심히 다녔다. 본과에 올라가 의학 공부로 바쁜 와중에도 시간을 쪼개어 성경 공부에 참여하였다. 매주 수요일 점심시간에 있었던

CMF수요예배에도 참석하려 노력했고, 방학에는 CMF수련회에도 열심히 참가하였다.

풍기에서도 궁벽한 시골인 우리 집은 시골에서는 대개 그러하듯이 조상 대대로 이어져 내려온 유교의 예법을 따르는 곳이었다. 하지만 사월 초파일이면 동네에서 가까운 절에 가서 연등을 달고 시주를 하는 등 불교적 모습도 함께 갖고 있었다. 또한 집안의 화를 쫓고 복을 빌기 위해 무속적인 부분도 함께 있었다. 초등학교에 다니던 어릴 적 동네 초상이 나 장사를 치르는 집에서 음식을 얻어먹은 후 배탈이 나거나 몸에 고열이 나는 경우가 흔히 있었는데, 그때마다 나의 어머니는 '객귀(客鬼)'에 걸렸다며, 귀신을 물리치는 주술을 외우곤 했다. 하지만 의사가 된 지금 생각해보면 냉장고도 없고 위생 개념이 없었던 시절이라 바이러스나 세균에 감염되어 발병한 장염이나 감기 등의 질병이었을 가능성이 높다.

한 번은 내가 어떤 집 제사 음식을 먹은 뒤 계속 토하고 몸살과 고열에 시달리자 어머니는 나의 입속으로 소위 '칼 물'을 먹이면서 "000 귀신 물러가라, 000 귀신 물러가라"라고 주문을 읊으셨다. '칼 물'은 시원하고 깨끗한 물을 한 그릇 받아서 식칼 끝부분을 입술 가까이 대고 칼끝을 통하여 입안에 한 방울씩 똑똑 떨어뜨려 마시도록 하는데, 지금 생각하면 웃음이 절로 나온다. 병의원을 구경하기 힘들었던 나의 어린 시절인 1970년대 초·중반, 그리고 그보다 훨씬 더 옛날에는 시골의 우리 부모님은 이렇게 '칼 물'을 먹이면 귀신이 물러간다고 믿었던 모양이다. 그런데 이런 '푸닥거리'를 하고 나면 신기하게도 열이 떨어지고, 구역질나던 속도 개운해지고, 몸살도 차츰 가라앉으며 몸이 낫곤 하였다. 몸이 지닌 면역력에 의해 시간이 흐르면서 자연적으로 나을 때가 되어서 나은 것이겠지만 그때는 '푸닥거리' 덕분에 귀신이 물러간 걸로 생각했었다.

종합해 보면 우리 집에서는 뚜렷하게 하나의 종교를 갖고 있지는 않았고, 가정과 가족에게 좋다는 것은 이것저것 다 행하는 정도였다. 내가 교회에 나간다는 사실을 알아챈 부모님은 처음에는 반대하셨다. 나는 조금씩 부모님을 설득해나갔다. 평소 자식 사랑이 지극하셨고 자식의 말이라면 팥으로 메주를 쑨다고 해도 믿어주시던 부모님은 결국에는 내가 교회에 가는 걸 허락하시고 수년이 흐른 뒤에는 바쁜 농사일에도 불구하고 주일에는 시골교회에 나가시기도 했다. 그 후 우리 집 형제자매 4남 1녀 중 둘째 형님 댁을 빼고는 모두 교회에 나가는 기독교 집안이 되었다.

나는 1998년부터는 하양에서 하양중앙교회를 출석하던 중 2000년에 교회 이름을 본떠서 하양중앙내과를 개원하였다.

나는 신앙생활 가운데 가장 중요한 부분이 기도라고 생각한다. 많은 사람들이 기도할 때 하나님께 '이런 거 좀 해주세요'라고 기도를 하는데, 올바른 기도가 아니라고 생각한다. 무엇을 해달라가 아니라 '하나님의 영광을 드러내기 위해 내가 무엇을 어떻게 하겠다'고 다짐하는 기도를 해야 한다.

나의 살아온 과정을 돌아보면 모든 게 하나님의 은혜였으며, 기도에 대한 하나님의 응답이었다. 하나님을 들먹이기에는 부끄러운 신앙심이지만 나는 하나님의 은혜에 늘 감사드린다. 한 번은 아파트를 분양받아 잔금을 마련하지 못해 애태울 때가 있었다. 평소 암보험과 실비보험에 가입해 두었는데, 마침 갑상선암 진단을 받음으로써 보험금이 나왔다. 갑상선암으로 비교적 가벼운 암에 그치게 해주신 점도, 아파트 잔금을 보험금으로 해결해주신 점도 모두 선하신 하나님의 보이지 않는 인도하심이라 생각한다. 인구 3만의 시골 하양에서 내과의원이 8군데, 전체 병의원이 30여 개에 달해 병원 간에 경쟁이 있는 상황에서도 하양중앙내과를 찾는 환자가 많으니 또한 선하신 하나님의 인도하심이라 믿는다.

글로벌마인드 조기유학

나는 슬하에 딸만 셋을 뒀다. 현재 큰딸과 둘째 딸은 대학생, 막내딸은 중학생이다. 아빠에게 애교가 넘치는 사랑스러운 세 딸들과 행복하게 사는 게 내가 실제 나이보다 젊게 사는 비결이다. 나는 아이들을 위한 일이라면 만사 제쳐둔다. 학창 시절, 나는 누리지도 못했고 해보고 싶은 것도 전혀 못하고 자랐다. 그래서 나는 우리 아이들이 하고 싶은 일이라면 최대한 해보라고 하는 편이다.

하지만 부모님이 내게 안 해주신 게 결코 아니다. 아버지께서 노심초사로 우울증을 앓으면서도 4남 1녀 모두를 살뜰히 보살피고 공부시키셨다. "이 동네 한번 봐라. 없는 형편에 너희 형제들처럼 자식들이 다 대학 나온 집이 어디 있니. 너들 아버지 아니면 누가 그렇게 공부시킬 수 있겠니." 한동네에서 살고 있는 이모들이나 외삼촌께서 아버지, 어머니의 노고를 상기시키며 가끔 우리 형제들에게 하시는 말씀이다. 맞는 말씀이다. 나의 부모님은 자식들에게 집안 형편에 안 맞게 열 배 아니 백 배로 자식들에게 잘 해주셨다. 만약 부모님의 무한한 사랑, 희

생과 수고가 없으셨다면 형제들은 모두 지금쯤 다른 집 자녀들처럼 고향에서 농사지으며 지금보다 훨씬 어렵게 살고 있을 것 같다. 그래서 나는 부모님께 늘 감사한다.

2005년 이후 우리나라에서는 조기유학이 하나의 유행처럼 일어나던 때였다. 아내 역시 주변의 학부모들로부터 이런저런 이야기를 들으면서 아이들의 유학에 관심을 가지기 시작했다. 유학에 대해 여러모로 알아본 끝에 조기유학에 대한 비판들이 있었지만 장점이 많다는 결론을 내렸다. 앞으로 글로벌 시대를 살아가려면 영어는 선택이 아니라 필수이고, 세상은 정말 넓고 다양한 인종들이 세계에 퍼져 살고 있다는 사실을 성장기에 경험하게 해주는 자체만으로도 아이들에게 소아(小兒)적인 생각을 버리고 글로벌 마인드를 심어주는 거라고 생각했다.

어디로 유학을 보낼까를 두고 아내와 함께 고민했다. 당시 필리핀이 인기지역으로 부상해 많은 학생들이 그곳으로 유학을 가고 있었다. 그러나 난 생각이 좀 달랐다. 필리핀이라면 여전히 아시아적 사고가 지배하는 나라였다. 영어로 수업하는 학교이면 어디든 관계없는 게 아니었다. 서구적인 사고와 의식을 경험하려면 동남아국가는 아니라는 생각이 들었다. 미국, 캐나다, 호주, 그리고 뉴질랜드 정도로 후보군이 정해졌다. 이들 나라를 두고 아내는 지인들과 유학원에서 정보를 하나씩 얻었다. 그러던 중 아이들이 다니던 계성초등학교와 자매학교였던 호주의 고스포드 초등학교에서 2007년 하반기에 3개월간 교환학생 프로그램을 운영하였다. 원하는 경우 3개월을 연장할 수 있었다. 계성초등학교 5학년, 그리고 3학년 총5명과 함께 큰딸, 둘째 딸은 2007년

딸들의 호주 유학.

7월 중순 여름방학이 시작되자 마침내 호주로 떠났다. 호주는 한국학생들이 유학을 많이 가는 나라여서 편하게 느껴졌고, 교환학생 프로그램이라 안심이 되었다.

6개월간 호주 유학을 하고 나니 아이들의 영어 구사력이 좋아졌고, 호주 아이들과 생활하면서 의식이 글로벌해졌을 거라는 막연한 기대감이 있었다. 아내와 나는 아이들을 1년 정도 유학을 연장해 보고 싶은 욕심이 생겼다. 6개월간 경험한 호주가 아닌 호주와 이웃한 뉴질랜드의 환경을 경험하게 해주고 싶었다. 호주, 뉴질랜드는 천혜의 자연환경을 갖추고 드넓은 국토 면적에 비해 인구 수가 적어 살기 편한 선진국으로 행복지수가 높고, 과거에 영국령이어서 영국문화가 지배하고 영국식 영어를 사용하는 나라들이었다. 뉴질랜드 하면 구름 한 점 없는 드높은 푸른 하늘, 에메랄드빛 바다, 양떼들이 한가로이 풀을 뜯고 있는 넓디넓은 초원이 떠오른다.

이번에는 아이들 유학에 아내가 동행하기로 했다. 나는 기러기아빠가 되겠지만 아내가 '가디언(guardian)'으로 아이들을 보살피는데 동의했다. 아이들이 초등학교 6학년과 4학년이라 엄마가 돌보는 게 필요하다고 생각했다. 아이들끼리 유학할 경우 외로움과 탈선, 나아가 유학 실패에 대한 우려도 있었다. 아이들은 2008년 2월 호주 유학을 마치고 곧바로 뉴질랜드로 옮겨갔고, 나는 아내와 함께 뉴질랜드로 날아갔다.

2008년 2월 6일 나는 뉴질랜드 오클랜드공항에 도착했다. 타우랑가에서 1년간 유학하기로 하고 집을 구하는 동안 타우랑가 어학원 원장님 댁에서 1주일을 머물기로 한 터라 어학원에서 픽업을 해주었다. 목적지인 타우랑가로 약 2시간 반을 달려가던 중 버거킹에 들렀다. 햄버거를 맛있게 먹고 타우랑가에 도착하여 픽업 비용을 지불하려고 보니 돈 가방이 없었다. '아뿔싸!' 가방 안에는 한국에서 가져간 약 800만 원의 뉴질랜드 정착자금이 들어 있었다. 급하게 버거킹으로 전화를 해 머물렀던 자리를 설명하며 검은색 가방이 있는지 물었는데, 직원으로부터 가방이 있다는 얘기를 듣고 안도의 한숨을 내쉬었다. 남의 물건에 손대지 않는 뉴질랜드 사람들이야말로 정말 선진국민답다는 생각을 했다. 하마터면 10년 감수할 뻔한, 등골이 오싹했던 뉴질랜드 신고식은 이렇게 뉴질랜드에 대한 좋은 기억으로 마무리됐다.

아이들이 유학하는 동안 나는 2~3개월에 한 번씩 뉴질랜드로 날아갔다. 한 번 가면 대개 2~3주를 머물렀다. 평소 함께 지내지 못하는 대신 가족과 뉴질랜드 북섬 여기저기를 여행하면서, 가족 간 사랑을 키웠다. 아이들이 학교에 가고 나면 아내와 둘이 가까운 카페에 들러 브런치와 커피를 마시며 행복했던 순간도 좋은 기억이다. 처음 이삿짐을 챙겨 뉴질랜드로 떠났을 때는 집을 알아보고 침대, 소파, 주방용품, 그리고 자동차 등 생활에 필요한 용품들을 마련하느라 정신없이 돌아다녀야 했다. 하지만 약 1주일이 지나서는 학교에서 집까지 아이들을 픽업하는 일이나 마트에 가는 일 말고는 딱히 없었다.

힘들었던 점도 있다. 다섯 살배기 막내 시원이가 유치원에서 말이 통하지 않는 뉴질랜드 아이들과 잘 어울리지 못해 안쓰러운 마음이 많이 들었다. 하지만 몇 달이 지나자 서서히 적응하여 그곳 아이들과 함께 노는 모습을 보고는 안도할 수 있었다. 큰아이 지원이도 평소 조용하고 다소 내성적인 성격이라 적응하는데 힘들었다. 서구적인 뉴질랜드 아이들보다 체형도 왜소하고 영어도 잘 안 되는 한국아이들이 외국에 나가면 현지에 적응하는데 대개 다 힘들 것 같다. 다행히도 둘째 혜원이는 단짝 친구를 잘 사귀어서 적응을 빨리 했다. 타우랑가에 있는 동안 아내와 아이들은 한국교회에서 주일 예배를 드리며 같은 유학생 가족들과 친하게 지내면서 서로의 외로움을 달래고 이런저런 유학생활의 고민도 함께 나누었다.

계성초등학교 5학년 7월부터 호주에서 유학을 시작했고, 뉴질랜드에 유학온 지도 어느새 1년이 흘러 2008년 연말이 다가왔다. 큰딸이 중학교를 입학해야 하는 시간이 다가오니 '해외유학을 계속 해야 하나, 귀국을 해야 하나'를 두고 고민해야 했다. 나는 지원이가 계성초등학교 졸업장을 받기를 원했다. 그리고 해외유학생활을 1년 6개월 정도 경험하였으니 애초에 목표로 하였던 글로벌마인드와 영어구사력 등 두 가지 모두 어느 정도 충족되었다고 생각하고 중학교 과정 이후는 한국에서 공부하기를 바랐다. 애초 유학을 떠나기 전 계성초등학교에서는 유학을 끝내고 T/O가 있다면 다시 복학이 가능하다고 얘기를 했었다. 다행히 T/O가 있어 지원이가 먼저 귀국해서 계성초등학교에 복학하여 무난히 졸업장을 받을 수 있었다. 그리고 아내와 두 딸은 뉴질랜드 타우랑가 생활을 정리한 후 큰딸보다 두어 달 늦게 귀국해 아이들의 조기유학은 마무리되었다.

롯데아파트 동대표

나는 매사에 호기심이 많다. 무슨 일이든 기회만 되면 경험해 보려고 하는 스타일이다. 그래서 어떤 일이든 등 떠밀려 하기보다는 스스로 찾아서 해보겠다고 자원한다. 나의 이런 성격은 좋은 말로 표현하자면 매사에 적극적이고, 성실함 그리고 책임감 또한 강하다고 할 수 있다. 내가 이런 타입의 사람이 된 건 나의 성장 환경과 무관치 않으리라. 앞에서 자세하게 밝혔듯이 어려운 가정 형편에다 형제자매도 많아 뭐든 스스로 알아서 하지 않으면 안 되었다.

나는 의예과 시절 '야학'에서 학생들을 가르쳤던 일 말고는 의과대학 공부와 전공의 수련으로 외부활동을 전혀 할 수 없었다. 전문의 취득 후에는 병원을 개원하고 진료에 매달리느라 따로 시간이 없었다. 개원하여 어느 정도 안정이 될 때까지는 다른 곳에 눈을 돌릴 몸과 마음의 여유가 없었다. 더욱이 외부활동은 경제활동이 아니라 대부분 봉사활동이기 때문에 경우에 따라서는 후원금도, 회비도 내야 하고, 시간도 빼야 하기 때문에 경제적으로 어느 정도 안정이 될 때까지는 어림도 없다고 생각했다.

그러다 나는 개원한 병원이 어느 정도 안정궤도에 들어선 2001년부터 병원 밖으로 한 발짝씩 발걸음을 내디뎠다. 내가 살던 롯데아파트에서 동대표를 뽑는데 할 사람이 없다고 원장님이 좀 맡아주시면 좋겠다는 이웃들의 요청이 있었다. 나는 동대표의 역할이 뭔지도 정확하게 몰랐다. 막연하게 주민들을 대표해 각종 민원을 해결하는 일쯤으로 생각했다. 얼떨결에 나는 아파트 동대표에 출마해 무투표로 당선되었다. 지원자가 나 말고는 없었다.

그때부터 나는 입주자대표회의, 아파트 동대표의 역할과 기능, 롯데아파트의 현안들에 대해서 관심을 갖고 공부하기 시작했다.

아파트 입주자대표회의는 아파트관리법에 의해 반드시 설치해야 하는 조직이다. 아파트 관리 용역업체 선정 및 관리소장 임면 등의 권한을 갖고 있다. 아파트 입주자대표회의는 주민들의 '대의민주주의'를 실천하는 첫걸음이다. 특히 협의회장의 자리는 영향력이 매우 큰 자리였다. 경우에 따라 여러 종류의 이권에 관여할 수 있는 위치가 된다. 간혹 세대 수가 많은 대단지 아파트의 입주자대표회장과 관련된 불미스러운 뉴스가 언론에서 나오는 경우가 있다. 대단지 아파트의 경우 동 대표 혹은 입주자대표회장 선거를 치열하게 하는 곳도 있다.

2001년 내가 살던 하양 롯데아파트는 아파트 유지보수와 관련해서 시공사 롯데건설에서 입주자대표회의에 로비를 해 하자보수문제를 축소하려 한다는 소문이 파다했다. 2001년 당시 하양 롯데아파트는 입주한 지 3년 된 아파트로서 3년 차, 그리고 5년 차 하자보수 문제가 남아 있었다. 나는 동대표라는 직분을 잊지 않고 주민생활의 불편을 덜어주려 노력하였다. 동대표 회의에서 열심히 안건을 토의하고 좋은 의견을 내려고 했다. 나는 주민들의 의견을 경청하고, 주민에 의한, 주민을 위한, 주민의 동대표로서 열심히 활동하였다. 또한 함께 일했던 동대표들과 소통하고 협력하면서 아파트 현안들을 하나씩 풀어갈 수 있었다.

나의 첫 사회활동인 아파트 동대표 역할은 내게 여러 면에서 매우 보람 있는 순간이었다. 아파트 주민들을 위한 봉사가 결국 나에게 큰 보람을 안겨주었다. 타인을 위한 봉사가 나를 더욱 활동적으로 만들고 나아가 긍정의 마인드와 열정의 에너지를 채워주는 걸 새삼 깨달았다. 봉사는 나 자신의 솔선수범과 희생이 전제되어야 한다. 철저하게 자신을 배제하고 이타심으로 무장되어야 한다. 사소한 사리사욕이라도 앞서면 제대로 된 봉사가 안 된다. 아파트 입주자대표회의를 경험한 나는 다양한 외부활동과 봉사활동에 재미를 붙였다.

청년회의소JC 활동

둘째 형이 2000년부터 대구 달서 청년회의소 회장으로 봉사하고 있었던 터라 나는 '청년회의소(JC, Junior Chamber)'에 관심을 갖고 있었다. 그러던 중 둘째 형의 권유에 따라 2012년 3월 초순 경산JC에 입회하였다. 당시 손우권 회장님과 모든 회원들은 스스로 찾아온 신입회원을 크게 반겨주었다. 청년회의소 입회 후 1년 안에 1박 2일 연수가 의무사항이었는데, 나는 병원을 휴진하고 연수에 참가할 정도로 JC활동에 적극적이었고, 2003년 재정이사, 2005년에는 외무부회장으로 활동했다. 그 후 나는 의사로서 진료가 우선이고 병원을 안정적으로 운영하는 CEO로서 역할을 다하는 게 중요하다는 결론을 내리고, 만 42세가 되어 영광스러운 전역을 하였고, 현재는 경산JC 특우회원으로 활동 중이다.

청년회의소(JC, Junior Chamber)는 △지역사회개발 △지도자 훈련을 기초로 한 개인능력의 개발 △세계와의 우정 등 3가지를 활동원칙으로 삼아 결성된 봉사단체이다. 1910년 미국의 헨리 기젠비어(Henry

경산JC 제90차 정기총회(2005년 2월).

Giessenbier)라는 사람이 동료들과 함께 만든 '허큘래늄 댄스 클럽(Herculaneum Dance Club)'에 그 기원을 둔다. 그리고 1944년 멕시코 파나마에서 16개국 44명의 대표가 참가한 가운데 최초로 국제대회를 열면서 명실상부한 국제청년회의소(Junior Chamber International)가 되었다고 한다. 세계 최대 규모의 국제 비정부기구(NGO)가운데 하나로 110여 개국의 5,000개 이상 단체가 참여하고 있다고 한다.

우리나라는 1954년 3월에 가입하여 활동을 시작하였고, 만 20세에서 42세 미만의 청년으로 구성되며, 현재 총회원은 약 5만 명이라고 한다. 한국청년회의소는 나라사랑, 농·어촌 육성, 어린이보호운동 등의 사회봉사활동과 함께 국제적 연대를 통해 1990년 이후에는 환경문제, 빈부격차해소, 통일운동, 각종 문화사업, 그리고 정보화 실현을 위한 청년운동 등 다방면에서 활약하고 있다.

학교운영위원장

큰딸이 중학생이 되자, 아빠가 뭔가 힘이 되어줄 수 없을까 고민했다. 쌍둥이 조카들이 중학교에 다니는 동안 둘째 형님은 학교운영위원장을 했다. 형님으로부터 학교운영위원장의 역할에 대해 자주 들었다. 나는 학교운영위원으로 자원했고, 큰딸이 2학년이 되자 학교운영위원장이 되었다.

학교운영위원회에서는 체육대회, 수학여행, 학예회, 스승의 날 행사 등 굵직한 교내행사와 관련된 사항을 논의하고 결정하였다. 또한 교복 업체 선정, 교과서 채택, 자습서 선정, 급식 업체 선정, 실험기자재 구입, 교내시설 개보수업체 선정 등도 학교운영위원회의 몫이었다.

공립학교에서 학교운영위원회는 의사결정의 자문기구이지만 사립학교에서는 심의의결기구이다. 그만큼 학교운영위원회의 역할이 중요했다. 과거 청년회의소 활동을 통해 익힌 국제회의 규범이 학교운영위원장으로서 회의를 주재할 때 크게 도움이 되었다.

학교운영위원장으로서 나는 기회 있을 때마다 교과내용 지도 외에

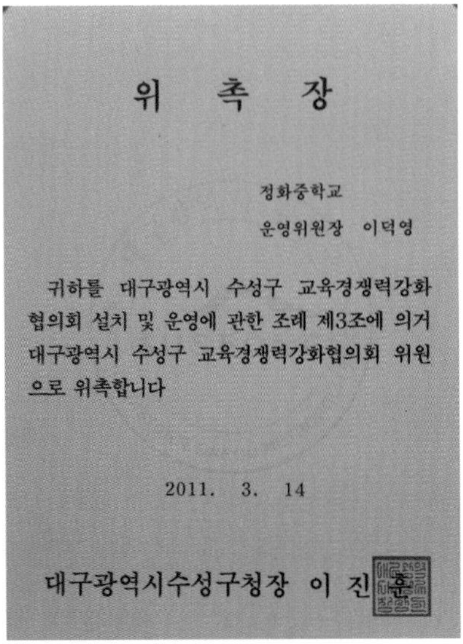
위 촉 장

정화중학교

운영위원장 이덕영

귀하를 대구광역시 수성구 교육경쟁력강화협의회 설치 및 운영에 관한 조례 제3조에 의거 대구광역시 수성구 교육경쟁력강화협의회 위원으로 위촉합니다

2011. 3. 14

대구광역시수성구청장 이 진 훈

정화중학교 운영위원회 위촉장.

학생들의 인성교육에 선생님들이 보다 많은 노력을 기울여 줄 것을 당부하였다.

학교운영위원장으로 활동하는 동안 나는 특히 제2외국어 선택을 매우 중요하게 다뤘다. 2000년 이전까지만 해도 우리나라의 해외무역의존도가 일본, 미국, 중국 순이었는데, 2005년부터는 중국, 미국, 일본 순으로 바뀌었다. 과거 제2외국어로 가장 중요시되었던 일본어 대신 중국어가 그만큼 중요해졌다. 나는 머지않은 장래에 중국이 세계 속으로 부상할 걸로 예상하였다. 일본어를 익히는 것보다 중국어를 제대로 익힌다면 중학생들이 자라서 훗날 취업 혹은 비즈니스에 뛰어들 약 10여 년 뒤에는 훨씬 더 기회가 많을 거라면서 제2외국어로 중국어를 채택할 것을 제안하였다.

학교에서는 제2외국어가 바뀌면 기존 제2외국어 담당교사가 가르치던 수업이 없어지는데 교사를 해고할 수는 없으니 난색을 표했다. 이해가 되었지만 대한민국 장래를 생각하고 아이들의 미래를 생각해서 시·도교육청에서 예산 일부를 추가로 편성하더라도 중국어 교육을 보다 강화하고 중국어에 능통한 사람들을 많이 육성해야 한다고 생

정화중학교 운영위원회.

각했다. 하지만 예산부분은 개별 학교 차원에서 어떻게 할 수 있는 부분이 아니므로 시·도교육청 혹은 교육부에서 마인드가 바뀌고 필요성을 인식하지 않으면 방법이 없는 노릇이었다.

내가 운영위원장이던 시절로부터 딱 10년이 흐른 지금 중국은 G2로서 미국과 함께 세계 최고의 위상을 자랑하고 있다. 그런 면에서 보면 제2외국어로 중국어 교육을 중시하여야 한다는 나의 생각은 옳았다고 본다.

동부 2지구 학교운영위원장협의회장

대구 수성구 관내에는 20여 개의 중학교가 있었는데, 정화중학교와 학교운영위원회의 발전을 위해서는 타(他)학교 운영위원장들과의 교류가 필요하다고 생각했다. 2010년부터 2012년까지 학교운영위원장으로서 나는 수성구 중학교운영위원장협의회에 적극 참여했다.

학교운영위원장 상호 간 친목도모는 물론, 실질적인 상호 간 정보교환을 통해 효율적인 학교운영위원장협의회가 될 수 있도록 하고자 나는 학교운영위원장협의회장에 도전하였다. 선거가 있던 날 참석한 일부 위원장들은 전년도 협의회장이 경험이 많다는 이유를 들어 박수로 추대하는 쪽으로 분위기를 몰아가고 있었다. 특별히 지원자가 없는 경우 회중에서 한 사람을 추천하고 참석자들의 박수로 학교운영위원장협의회장을 선출하였지만 내가 출마 의사를 밝히면서 협의회장 후보자가 두 명이 되었다.

우선 후보들의 정견을 짧게 듣는 시간을 가졌다. 나는 정기월례회, 산행을 통한 단합대회, 봉사활동 등을 통해 친목을 다지고, 학교운영

동부 2지구 운영위원장협의회 정기회의.

위원장 상호 간의 소통, 정보교환을 통해 학교운영에 실질적인 보탬이 되는 학교운영위원장협의회를 만들겠다고 공약했다. 전년도 협의회장은 자신이 추대되는 걸로 낙관하고 있다가 돌발변수를 만나 당황하였다. 투표 결과 8대7로 내가 가까스로 이겼다. 이 결과를 보고 참석한 위원장들도, 그리고 나도 적잖이 놀랐다.

그 일이 내가 살아오면서 투표로 당선된 최초의 경험이었다. 나는 그때 '선거라는 게 이런 거구나' 하는 짜릿한 경험을 했다. 유권자들을 잘 모르는 경우 공약이 선거에서 중요한 변수라는 걸 절감하였다.

야구에서 가장 짜릿한 스코어가 8대7, 즉 '케네디스코어(Kennedy score)'라 하지 않았던가. 얘기가 나온 김에 상식 하나 넓히는 의미에서 '케네디스코어(Kennedy score)' 얘기를 좀 더하자. 미국의 제35대 대통령이었던 케네디 대통령이 1960년 대선 토론회에서 야구에서 가장 짜릿한 승부는 8대7이라고 했던 데서 '케네디스코어(Kennedy score)'는 유래했다고 한다. 하지만 인터넷에 검색해보니 그 말은 케네디가 한 말이 아니라 1937년 1월 25일 루스벨트 대통령이 당시 〈뉴욕타임스〉 야구 담당 기자 제임스 P. 도슨에게 보낸 편지에서 "팽팽한 투수전도 좋아하지만, 홈런이 터지며 큰 점수가 나는 경기에 희열을 느낀다"며, "자신이 생각하는 최고의 경기는 '8-7'이다"고 말했다고 한다. 당연히 이 말의 저작권은 루스벨트에게 있지만 사람들은 케네디가 많은 사람들이 보는 대선 텔레비전 토론에서 이 말을 함으로써 그가 처음 한 말처럼 잘못 인식하는 아이러니가 발생한 것이다. 더 재미있는 건 루스벨트가 보냈다는 이 편지는 현재 인터넷 쇼핑몰 이베이(e-bay)에 19만 5,000달러(약 2억 600만 원)의 가격이 매겨져 있다고 한다.

아무튼 이렇게 '스코어 8대7'의 짜릿한 투표 결과에는 협의회가 단순히 만나서 밥 먹고 헤어지는 단체가 아니라 상호교류를 통해 실질적으로 필요한 기능을 하는 단체로 거듭나야 한다는 위원장들의 표심이 반영되어 있었다.

임기 1년을 마치고 2011년 나는 전(前) 협의회장과 다시 한 번 협의회장 자리를 두고 맞붙었다. 전 협의회장은 회장 선출을 하는 자리에서 '협의회장은 학교장들을 길들여야 하는데 내가 너무 쉽게 간다'라고 나를 비난하며 날을 세우더니 급기야 '당신이 한 일이 뭐가 있느냐'고 원색적으로 공격했다. 그러자 두 명의 학교운영위원장들이 함께 거들었다. 나는 굳이 왈가왈부하지 않아도 1년 전 협의회장에 입후보하면서 내세웠던 공약들이 제대로 지켜졌는지를 학교운영위원장들이 알 거라 믿고 점잖게 설득하며 투표에 임했다. 투표 결과 이번에는 10대 3으로 완승을 거두었다.

동부2지구 운영위원장협의회 감사패.

투표 결과는 '침묵하는 다수는 자신의 견해를 입 밖으로 표출하지 않지만 표로써 자신의 의견을 드러낸다'는 사실을 깨닫기에 충분했다. 조용한 다수가 침묵하는 건 시끄러운 소수의 의견에 공감하거나 동조하는 게 결코 아니라는 점을 느꼈다.

2010년, 2011년 수성구 중학교운영위원장협의회장으로 활동하면서 수성구 기관단체장 50명의 모임인 '수성진흥회'에 참여하였고, 수성구교육경쟁력강화위원회 부위원장으로 활동하며 수성구를 교육과 문화도시로 가꾸는 일에 일조하였다. 또한 2011년 한나라당 교육·과학·기술 분과 정책자문위원으로서 교육정책과 관련된 많은 경험을 쌓을 수 있었다.

인문학에 대한 열정: 아카데미 수업

2010년 3월 어느 날 아침 영남일보 1면에 실린 영남일보CEO아카데미 수강생 모집공고가 내 눈에 쏘옥 들어왔다. 나는 공고를 보는 순간 아카데미 수강을 하고 싶었다. CEO들과 함께하는 아카데미라 커리큘럼도 기대가 되었고, 1기를 모집한다는 문구에 더욱 구미가 당겼다. 내 본업은 의사이고 하양중앙내과를 10여 년 운영해온 CEO이므로 경영자로서 역할도 중요했다. 이런저런 바쁜 일을 처리하고 오전 11시쯤 문의처에 전화를 걸었으나 이미 마감이 되었다는 것이다. 나중에 알고 보니 사전에 미리 수강생들 섭외를 끝내고 형식상 지면에 공고가 나간 경우였다.

어쩔 수 없이 나는 그 해 9월부터 시작하는 2기에 입학했다. 입학을 위해 6개월을 기다렸던 터라 나는 수업에 열심히 참석했다. 강의는 매주 화요일 저녁 7시부터 8시 반까지 진행되었다. 매주 화요일 나는 병원을 일찍 마치고 하양에서 출발, 오후 6시에는 영남일보 지하 1층 강의실에 도착했다. 강의실 옆에 차려진 뷔페 식사를 하면서 아카데미 1기 선배들, 2기 동기들과 친교를 나눴다. 당시는 부원장이 없이 진료를 하던 때라 환

〈사진 왼쪽〉 인문학에 대한 열정으로 아카데미 수업을 듣는 필자.
〈사진 오른쪽〉 2010년 가을 영남일보 손인락 사장님과 함께.

자들에게 화요일 진료는 오후 5시 반까지만 한다고 미리 공지하였다.

고등학교 이후 수학과 과학으로 대표되는 딱딱한 이과공부로 의사가 되었던 나는 매주 강사와 주제가 달라지는 인문학 강의를 통해 소소한 재미를 맛보곤 하였다. 더욱이 학교운영위원장협의회장으로 활동하면서 교육에 관심이 많았고, 직업이 의사인 점을 감안하면, 교육과 의학 이 두 분야가 '사람'을 대상으로 하고 있으니 사실은 인문학을 빼고는 생각할 수도 없다고 봐도 과언이 아니다. 하지만 나는 2010년 인문학 아카데미를 수강할 때까지 '인간'이란 소재를 두고 그다지 깊은 철학적 고민을 해보지 않았다. 대학에 입학 후 교양과목 가운데 철학을 배운 정도가 고작이었다.

인문학을 정의해 보자면, '사람의 무늬'에 대해 배우는 학문이라고 할 수 있다. '문' 자는 한자로 '文'이라 쓰는데, 흔히 '글'이나 '문자'로만 이해하고 있는데, '무늬'라는 뜻도 함께 있다. 그래서 '사람의 무늬'라고 해석할 수 있는데, 이런 해석이 인문학 정의에 가장 부합한다고 생각된다. '사람'이 저마다 개성과 인격이 있다는 건 상식이다. 그러한 '사람'을 대상으로 탐구하는 학문이 바로 인문학인데, 바로 '사람마다의 무늬'를 탐구하는 게 아니겠는가.

강의를 들으면서 나는 '도대체 나의 무늬는 어떤 무늬일까?'에 대해 생각하곤 했다. 나는 사람들에게 특히 영향을 많이 끼치는 의사라는 직업을 갖고 있기에 이 질문을 진즉에 하는 것이 당연하지만 그동안 단 한 번도 심각하게 생각해보지 않았다. 지금까지 내가 그려온 '무늬'는 이 책에 쏟아놓고 있어서 별도로 요약해 설명하지는 않겠다. 다만 지금까지 그려온 무늬에 어떤 무늬가 덧입혀지면서 '인간 이덕영'의 무늬가 완성되어갈까. '기대 반 우려 반'이라는 표현이 적절하다.

아카데미 수강을 시작하고 한두 달 정도 지나니 수강생들 사이에 서먹한 분위기는 어느 정도 가고 대부분 안면을 트게 되었다. 6주쯤 지나 원우회를 구성하였는데, 나는 아카데미 활동에 보다 적극적으로 참여코자 원우회장에 관심이 갔다. 당시 2기 회원이 110명이었는데, 영남일보 측에서 회장을 미리 낙점해 두었다는 분위기였다. 아카데미 측에서 그 분을 회장으로 합의추대해주기를 원한다는 소문이 무성했다. 그러나 발전하는 조직이 되려면 특정인을 내정해 놓고 추대하는 방식은 그다지 좋은 방식은 아니라 생각했다. 조직을 잘 구성하고 이끌어가고자 하는 비전을 갖고 있는 리더를 선의의 경쟁을 통해 선출하는

영남일보 CEO 아카데미.

게 더 좋다고 생각했다. 회원들과 리더의 적극적인 소통, 리더의 추진력이 조직의 성패를 좌우한다.

이미 내정된 상황이라는 얘기를 들었지만 나는 개의치 않았다. 2기 회장에 욕심이 많아서가 아니라 정확히는 CEO아카데미 2기의 발전을 위해서 회장 경선에 나서기로 맘먹었다. 요즘은 초등학교 반장을 뽑아도 제대로 선거를 치르는데 특정인을 내정했다고 생각과 주관이 뚜렷한 어른들이 맹목적으로 투표하지는 않으리라고 생각했다. 아무튼 이런 분위기 속에서 모두 네 명이 추천을 받았으나, 두 명의 후보자는 자진 사퇴하고 나와 아카데미 측에서 생각하고 있던 두 명만 남았다. 투표 결과 26대32로 나는 석패했다. 나는 당시 마흔 중반의 패기 넘치는 나이였고, 다른 후보는 연륜이 묻어나는 60대 후보였는데, 아카데미 회원들 대부분이 50대 중반 이상이었으니 상대적으로 연륜이

매일신문 정치아카데미 단합 체육대회.

있는 분을 더 많이 선택했을 거라 본다. 나는 투표 결과에 깨끗하게 승복하였다. 회장님을 중심으로 원우 모두가 굳게 뭉치자며 권순호 초대 회장님을 적극적으로 도왔다. 또한 1년간 누구보다 적극적으로 수업과 뒤풀이에 참석하며 열심히 활동하였다.

그 결과 CEO아카데미를 졸업할 때 모범생으로 표창장을 받았고, 졸업 후 1년 뒤에도 우정상을 수상했다.

1971년 대한민국 제7대 대통령 선거 신민당 후보 경선에서 YS(김영삼)가 DJ(김대중)에게 1차 투표에서 이겼다가 결선투표에서는 오히려 역전되었음에도 깨끗이 승복하고 DJ를 적극적으로 도왔던 선거결과에 승복하는 문화가 아름답지 않은가. 우리는 선거를 치른 후 후유증으로 홍역을 앓는 경우가 많다. 승자를 인정하지 못하는 불복의 문화는 조직의 발전을 위해 바람직하지 못하다.

2011년 5월 나는 매일신문사 정치아카데미 1기에 입학했고, 2013

〈사진 위〉 MBC 문화원 아카데미 통영 야유회.
〈사진 아래〉 MBC 문화원 아카데미 예산 수덕사 탐방.

년 3월에는 대구MBC방송국에서 운영하는 문화예술최고위과정 5기에 입학했다.

나는 스킨십이 좋고, 사람들과 쉽게 친해지는 외향적인 성격으로, 사람들에게 편안한 인상을 준다. 나와 몇 마디 이야기를 주고받다 보면 오랜 친구처럼 편안하고 친근하다고들 말한다.

MBC 문화원 아카데미 회원들과 야유회.

나는 깔끔하고 세련되게 차려입고 다녀 아카데미에서 '베스트드레서'라는 별칭을 자주 받았다. 내가 '베스트드레서'의 별칭을 들을 수 있었던 건 전적으로 센스 있는 아내 덕분이다. 나는 본래 어려서부터 어렵게 자라 성인이 되어서도 새 옷에 관심이 별로 없다. 한 번 사면 후줄근해질 때까지 입는 편이다. 하지만 아내는 '옷이 날개'라 말하며 늘 나에게 잘 어울리는 옷들을 준비해주었다. 유행에 맞고 깔끔하게 차려입은 의사는 외모에서부터 환자들에게 호감을 준다. 의사에 대한 첫인상은 신뢰를 높여주고 치료 효과에도 긍정적인 영향을 미치리라.

재구在邱영주청년회장

평소 오지랖이 넓다고 생각하지만 병원 밖 활동에 어디까지 참여할지 고민할 때가 많다. 단체장 제안을 정중히 거절한 경우도 여러 번 있었다. 하지만 내가 필요하다고 판단하는 경우에는 내 발로 찾아가서 가입 의사 표시를 하고, 일단 입회를 하면 적극적으로 활동했다.

2014년 5월 지방선거를 앞두고 평소 든든한 나의 친구이자 후원자였던 박찬식 재구(在邱)영주향우회청년회장으로부터 차기회장을 맡아달라는 제안이 들어왔다. 내 친구는 내가 청년회장을 맡는다면 정치행보에 도움이 될 거라는 판단으로 내게 도움을 주고자 했다. 정치적으로 나의 행보에 도움이 되느냐 여부와 관계없이 나는 고향사람들을 위해 봉사하는 마음으로 요청을 흔쾌히 받아들였다.

2014년 5월 재구영주향우회청년회장에 취임한 나는 우선 향우회 조직을 정비하는 한편 친목을 다질 수 있는 다양한 행사를 기획했다. 나는 이름도 '재구영주향우회 산하 청년회'라고 하는 것이 부담스러워서 '재구영주청년회'라 개칭했다. 사람들이 '향우회'에 가입하라고 하면 왠지 고리타분한 느낌이 난다고 가입을 꺼리기 때문이다.

가장 기억에 남는 행사는 2014년 11월, 재구영주청년회 회원 및 가족 40여 명과 함께 1박 2일 제주도워크숍을 다녀온 일이었다. 재구영주청년회의 발전방안을 모색하고, 회원 상호 간 단합, 친목도모를 위해 마련한 워크숍이었다. 행사 하이라이트는 둘째 날 열린 한라산 등반이었다. 11월이면 날씨가 초겨울에 접어드는 때인지라 쌀쌀했다. 11월 첫째 일요일 아침 7시 반에 한라산 등반을 시작해 정상에 오른 뒤 다시 하산하는 코스로 왕복 19.2km를 걷는 강행군이었다. 적어도 오후 5시 반까지는 주차장에 도착해야 저녁 8시 비행기로 대구로 돌아오는 일정에 차질이 없었다. 40여 명이 함께 산에 오르는 장면은 장관이었다. 울긋불긋한 한라산 단풍과 어우러진 등산객들의 화려한 아웃도어 차림은 멋진 조화를 이루었고, 겨울을 채비하는 한라산 나무들은 낙엽이 하나둘 떨어져 앙상한 가지를 드러내 보이는 계절이었다. 등반을 시작하던 초반 펄펄 날 것 같은 청년들이었지만 시간이 흐르자 체력이 소진되기 시작했다. 특히 부녀자들은 더 쉽게 지쳐서 청년회원들 40명 모두가 질서정연하게 등반 속도를 유지하기는 무리였다. 그래서 사무국장을 필두로 한 몇몇 청년회원들이 앞쪽에서 걷는 속도를 조절하고 나와 일부 회원들은 대열에서 자꾸 처지는 여성들의 가방을 들어주며 함께 산을 올랐다.

그날 산행을 하면서 나는 리더의 자질이나 리더의 역할에 대해 곰곰이 생각했다. 리더는 선두에서 대원들을 이끌고 산을 오를 수도 있지만 힘들어하거나 뒤로 처지는 대원들을 보살피는 역할이 더욱 필요하다고 생각했다. 정치에서도 마찬가지라 생각한다. 사회적 약자를 돕

〈사진 위〉 재구영주청년회장에 위촉된 필자.
〈사진 아래〉 청년회원들과 한라산 등반 중인 필자.

한라산 백록담에서 기념 촬영한 필자.

고, 그들을 이끌어가는 일이야 말로 정치지도자의 역할이다. 정치인이 표를 달라고 할 때는 굽실거리다 선거가 끝나고 당선되면 유권자들과 국민 위에 군림하려는 자세를 한두 번 본 게 아니다.

2015년 5월 나는 재구영주청년회장의 1년 임기를 대과(大過)없이 마칠 수 있었다. 청년회에서 김시현 수석부회장과 김기헌 사무국장을 비롯한 많은 회원들이 내가 연임할 것을 원하였다. 하지만 뒤를 이어줄 김시현 수석부회장이 인품이 훌륭하고, 김기헌 사무국장도 수석부회장을 도와 잘 해나갈 거라 믿었고, 후임자들에게 청년회장으로 일할 수 있는 기회를 주고 싶었다. 특히 2016년 20대 총선을 앞두고 있는 상황이라 국회의원 선거에 출마할 계획이 있었던 나는 청년회 회장으로서 책무에 충실할 수가 없을 거라 판단하고 자리를 고사하였다. 나의 바람대로 후임 회장과 사무국장은 청년회 신입회원 확충에 많은 노력을 기울였고 모든 면에서 청년회를 잘 이끌어주었다.

독도사랑, 독도 바르게 알기, 독도수호운동

2013년 우연한 기회에 나는 독도와 인연을 맺게 되었고, 그 후 지속적인 독도사랑운동에 나서게 되었다. 나는 2013년 10월 3일 열린 풍기인삼아가씨 선발대회에 심사위원으로 참여했다. 미인대회 심사위원이라 호기심과 기대감을 가지고 참여했고, 나는 미인들의 외모도 살폈지만 지성미와 내면의 아름다움에 좋은 점수를 주었다. 주관사인 대구한국일보에서는 매년 '독도의 날'(10월 25일, 1900년 고종 황제가 '독도는 우리 땅'이라고 칙령을 발표했던 날을 기념해서 민간에서 지정한 기념일)에 즈음하여 '독도 바르게 알기 운동'을 전개하고 있었다. 사실 우리가 독도에 대해 아는 것은 '독도가 우리 땅'이라는 구호와 함께 가수 정광태 씨가 불러 국민가요가 된 '독도는 우리 땅' 이라는 노래 가사를 흥얼거리는 수준이 전부가 아니던가.

인삼아가씨 선발대회로 나와 인연을 맺었던 대구한국일보에서 '독도의 날'에 맞춰 '독도티셔츠' 구매를 부탁해왔다. 나는 흔쾌히 티셔츠 100장을 구매하였다. 그렇게 독도와 인연을 맺었지만 100장

독도사랑운동본부의 '독도는 한국땅'이라는 슬로건을 든 필자.

의 티셔츠를 어떻게 처리할까 고민했다. 독도에 대해 관심을 갖자며 단골환자들에게 나눠줄 수도 있지만 한정된 시간에 보다 많은 효과를 얻는 방법이 없을까 고민한 끝에 보다 의미 있는 행사를 열어 '독도 바르게 알기 운동'을 확산시켜보고 싶었다. '독도의 날'에 하양중앙내과 인근 하양공설시장 야외공연장에서 '2013 독도 바르게 알기 대구경북 시·도민 궐기대회'를 열었다. 대구MBC방송과 여러 언론사에서 취재를 하였고 독도 관련 첫 행사는 크게 성황을 이루었다. 이때 나는 매사 조금 더 고민하고 노력하면 효과를 배가시킬 수 있다는 사실을 깨달았다.

2013년 행사를 성공적으로 마치자 이번에는 '(사)독도사랑운동

독도 바르게 알기 가두행진.

본부'에서 경북연합회장을 맡아달라고 연락이 왔다. 이왕 독도에 관심을 갖기 시작한 만큼 시·도민들에게 독도를 널리 알리고 싶은 마음에 나는 제안을 수락했다. 그리하여 2014년 2월부터 '(사)독도사랑운동본부'에 공식 합류하였다. '(사)독도사랑운동본부'에서는 매년 10월 25일 '독도의 날' 행사, 8월 15일 광복절기념행사 등 다양한 독도 관련 행사를 통해 국민들의 독도사랑을 고취시키려 노력한다. 그 외에 (사)독도사랑운동본부에서는 매년 2월 '다케시마의 날' 철폐 촉구 행사도 벌이고 있다. 한편 시마네현에서는 2005년 3월 16일 독도를 편입·고시하였고, 2월 22일을 '다케시마의 날'로 지정하여 각종 기념행사를 벌이고 있다.

다케시마의 날 철폐 촉구 행사.

나는 (사)독도사랑운동본부와 지속적인 인연으로 2018년 10월 25일 '아침을 여는 소리', '독도사랑운동본부 경북연합' 회원들 약 400여 명이 참석한 가운데 경산시민회관 대강당에서 '제4회 독도사랑 독도수호 대구·경북 시·도민궐기대회'를 개최하였다. 이날 경산시민회관 행사를 마치고 경산시장 일대를 돌며 '독도사랑 독도수호' 가두행진을 벌이며 시장 상인들과 경산시민들에게 독도를 알리려 애썼다.

독도는 역사적, 지리적, 국제법적으로 대한민국의 고유영토이다. 현재 대한민국이 영유권을 행사하고 있다. 하지만 아베 수상을 비롯한 일본의 우익들은 침략주의 야욕과 근성을 버리지 못하고 독도를 자기네 땅이라 우기며 범정부적으로 독도에 대한 침탈 야욕을

노골적으로 드러내고 있는 실정이다. 향후 우리도 민간, 학계 차원의 독도수호운동을 넘어 정부 차원의 보다 엄정하고 적극적인 대응이 필요하다고 본다.

제6부

■

정치인 이덕영 이야기

정치 입문: 한나라당 입당

의사가 본업인 나는 롯데아파트 동대표를 시작으로 경산시의사회 공보이사, 대외협력이사, 기획이사를 역임하였다. 경산청년회의소에서 재정이사, 외무부회장을 역임하였고, 하양·진량·와촌 기독청장년 연합회에서 회계, 총무, 감사를 지냈다. 정화중학교운영위원장, 동부2지구 학교운영위원장협의회장 등으로도 활동했다. 이처럼 다양한 영역에서 왕성한 사회활동을 하면서 변혁이 필요한 우리 사회의 이런 저런 부분들이 눈에 들어왔다. 사회의 변혁을 위해서는 순수한 봉사활동만으로는 불가능하다. 결국 이것이 내가 정치를 하고자 하는 이유가 되었다. 사회를 움직이는 건 '정치'이기 때문이다.

정치를 사전에서 찾아보면 '통치자나 정치가가 사회구성원들의 다양한 이해관계를 조정하거나 통제하고 국가의 정책과 목적을 실현시키는 일'이라고 설명하고 있다. 사회에서 일어나는 여러 일들의 대부분이 사회구성원들 간의 이해관계로 얽혀 있다는 점을 생각해보면 이런 이해관계들을 조정하고 해결하는 일은 당연히 정치의 몫이다.

2015년 11월 22일 서거하신 고(故) 김영삼 대통령의 어록 가운데 '호랑이를 잡으러 호랑이 굴로 들어간다'는 말이 있는데, 권력(대통령)을 잡으려면 권력 속으로 들어가야 한다는 의미였다.

그렇다. 적극적으로 참여하여 바꾸는 것이다. 다시 말해 우리를 둘러싼 각종 불합리한 제도와 잘못된 정책을 바꾸도록 힘을 쏟는 것이다.

환자들의 질병을 치료하여 환자를 건강한 사람으로 만들듯이 사회의 병폐를 고쳐 건강한 사회, 건강한 대한민국을 만들어야 한다. 그런 결론을 얻은 끝에 2009년 6월 8일 나는 자유한국당의 전신인 한나라당에 입당하였고, 한나라당 중앙위원회 보건위생분과 상임위원으로서 첫 활동을 시작했다. 이듬해인 2010년부터는 보건위생분과 부위원장으로 활동했다. 특히 위원장은 하고자 하는 사람들이 많았다. 총선이나 지방선거에서 공천 받을 때 도움이 될 거라는 막연한 생각이 작용하는 것 같다. 하지만 당시 보건위생분과의 활동 자체가 예상과 달리 미미하여 실망스러웠다.

정치에 대해 경험하고 배우겠다는 열정이 넘쳤던 나는 당 홈페이지에서 정책자문위원 모집공고를 보고 '당의 정책입안에 참여할 수 있겠구나' 하는 기대감을 갖고 도전했다. 학교운영위원장과 협의회장으로 활동하면서 교육 분야에 특별한 관심을 갖고 있던 터라 교육·과학·기술 분과 정책자문위원에 자원했다. 그러나 교육·과학·기술 분과에 대해서 열심히 배우고, 자문하고, 성장해보겠다고 생각한 나는 정책자문위원단의 미미한 활동에 또 다시 실망하였다. 실제적인 활동이 없이 위촉장만 주고, 사후관리는 하지 않는 유명무실한 조직이었다.

2010년 5월이 되자 나는 6월 5일에 치러지는 지방선거가 궁금해졌다. 어떤 사람들이 대구시의원 후보인지, 대구시의원 비례대표는 어떻게 뽑는지 궁금했다. 아울러 한 번 도전해보고 싶다는 생각이 들었고, 관련정보를 자세하게 챙겨봤다. 후보들의 프로필을 보니 대단한 스펙이 아니라서 자신감이 생겼다. 보건의료분야 직능대표가 전무한 상황에서 의사인 내가 직능대표가 될 수도 있다는 막연한 기대감이 있었다. 며칠간 밤을 새워가며 자기소개서, 의정활동계획서를 포함하여 비례대표 후보자 추천에 필요한 서류들을 열심히 준비했다.

하지만 내가 정치판을 너무 모르고 있다는 사실을 깨닫기까지는 많은 시간이 필요치 않았다. 나는 아주 '나이브(naive)' 한 사람이었다. 얼마 지나지 않아 비례대표 시의원으로 발탁되려면 평소에 지역 국회의원들과 친분을 잘 쌓아야 하고, 충성도가 높아야 함을 알 수 있었다. 시·도당에서 각급 위원장으로 수년간 수고한 분들이 주로 비례대표로 발탁되었다.

경북도당 디지털정당위원장

한나라당에 입당해 정당인의 신분으로 활동을 시작한 지 2년이 지난 2011년 7월 모 식당에서 최경환 국회의원과 식사하였다. 이 자리에서 정치에 뜻이 있음을 밝혔고, 최경환 의원께서는 곧이어 경북도당위원장으로 내정되고 나는 경북도당 디지털정당위원장에 임명되었다. 디지털정당위원장은 경북도당의 홈페이지 관리를 기본업무로, 각종 경북도당 행사 참석, 경북 국회의원들의 활동을 홈페이지에 올리는 등의 업무를 했다.

디지털정당위원장으로 임명되어 기존 조직을 점검해보니 상황은 나쁜 편이었다. 1년 전에 만들었다는 경북도당 홈페이지는 홈페이지의 구색만 갖추고 있었다. 내용을 홈페이지에 업데이트 하려면 너무 많은 시간이 걸리는 구조였다. 디지털정당위원회 회의는 1년에 딱 한 번으로 경북도당위원장으로부터 임명장을 받을 때뿐이었다. 그러니 소속위원들의 별다른 자부심이나 소속감이 없었고, 회비 갹출도 없어 회원의 경조사를 챙기는 일도 없었다. 그야말로 유명무실한 위원회였다.

경북도당 사랑의 연탄 나누기 행사(2011년 11월).

나는 조직을 제대로 꾸리고, 기초를 다지고 싶었다. 위원들 상호 간 친목도모와 경조사도 꼭 챙겨야 하는 부분으로 생각했다. 주된 업무인 경북도당 홈페이지를 제대로 관리하려면 사용하기 편리하고 눈에 확 띄는 세련된 구성으로 새로 제작해야 했다. 재정적인 부분이 문제였다. 디지털정당위원회를 이렇게 의욕적으로 이끌어보려 노심초사했지만 도당사무처의 당직자는 나를 매우 힘들게 했다. 위원회 운영의 모든 부분에서 자기와 상의하고, 위원들로부터 별도의 회비를 거두지 말고 위원장이 모든 경비를 부담하라는 내용이었다. 심지어 도당위원장과 경산 당협의 사무국장에게 나에 대해 부정적으로 얘기하여 나를 난감하게 만들었다.

유명무실하던 조직을 잘 이끌고 싶은 열정으로 출발하였으나 얼마

지나지 않아 조직의 벽에 부딪히며 나는 크게 실망했다. 위원회를 이끌어갈 때 위원장의 자율과 창의를 인정해주면 좋으련만 경직된 사고와 통제가 매우 아쉽게 느껴졌다. 20여 년을 개원의사로 지내오면서 경영의 모든 부분을 책임지고 추진했던 CEO로서 경험과 능력을 발휘할 수 있었다. 당시 사무처 직원들의 심리를 제대로 파악하지 못해 어려움이 있었고, 답답한 부분도 있었지만 세월이 10여 년이 흐른 지금 나는 사무처 당직자들을 좀 더 이해하려고 노력한다.

제19대 국회의원 예비후보

2011년 한나라당은 큰 위기에 빠졌다. 코앞으로 다가온 2012년 총선을 앞두고 당은 국민으로부터 신뢰를 완전히 잃어버렸고, 2012년 19대 총선에서는 50석도 건지기 힘들다는 비관적인 전망이 대세를 이루고 있었다.

전략가로 꼽히는 윤여준 전(前) 여의도연구소장은 당시 △조직체계의 한계 △전략의 열세 △투쟁성의 결여 △헌신성의 부족 △연대성의 미흡 등 5가지가 한나라당에 부족하다고 지적했다.

2012년 1월 박근혜 비상대책위원장은 당명을 새누리당으로 바꾸었고, 당이 환골탈태해야 한다고 선언하고, 강도 높은 당내개혁을 시작했다. 국민들이 보수정권에 얼마만큼 힘을 실어줄 것인지, 당내 개혁조치에 대해 어떻게 평가할지는 2012년 4월 11일 치러지는 제19대 총선 결과로 판가름 나는 일이었다. 제19대 총선 결과는 그 해 연말에 있을 2012년 제18대 대선의 풍향계가 된다는 점에서 정치권은 물론 국민들의 이목이 집중되는 상황이었다.

나는 혁신을 요하는 시대에 나에게도 길이 열릴 수 있다고 생각했다. 당시 나는 40대 초반의 정치신인으로 참신하고 보건의료분야 전문성을 갖추고 있다고 자신했다. 그동안 다양한 사회활동과 함께 정치를 경험하면서 변화의 필요성을 절감했다. 나는 총선에 출마하고 싶은 욕구가 강하게 일었다.

지역구를 어디로 선택할 것인가 하는 것이 난제였다. 내가 12년간 하양중앙내과를 운영하고 있었으니 경산이 가장 편한 지역이었다. 유력 A 언론사에 근무하는 한 언론인은 오래도록 병원을 운영하며 지역주민들을 위해 봉사해온 경산에서 출마하는 게 좋겠다는 의견을 주었다. 하지만 경산(청도 포함) 지역은 최경환 경북도당위원장의 지역구였고, 나는 경북도당디지털정당위원장으로 도당위원장을 보좌하고 있었다. 내가 모시던 지역 국회의원에게 도전하는 모양으로 비칠 수 있어 인간적인 도의에 어긋난다고 판단했다.

혹자들은 인간적인 도리를 따져 중요한 정치적인 결정을 달리한 나를 두고 정치적으로 아마추어라고 얘기하지만 나는 그 결정에 대해 한 번도 후회하지 않았다. 정치인에 앞서 사람으로서 도리를 다하고 신의를 지키는 일은 나에게 정치 이상으로 중요한 기본이기 때문이다.

차선책으로 나는 연고를 따져 고향 영주를 안중에 두었다. 더구나 당시 영주지역 정치권 정서는 상당히 복잡한 편이었다. 한나라당 소속 재선 의원과 무소속 시장 사이에 불화가 도를 넘고 있다는 소문이 무성했고, 따라서 민심은 양분되어 서로 으르렁거리는 형국이었다. 영주를 지역구로 선택하자 마음이 바빠졌다. 총선까지는 불과 4개월 남았다. 빨리 지역구에 올라가서 표밭을 갈아야 하는 상황이었다. 주변에서는 설 연휴가 시작되기 전 출마기자회견을 열어야 한다고 권유했다. 설 연휴 기간에 유권자들의 밥상머리 민심을 끌어내야 한다는 논리였다. 나는 설 연휴가 시작되기 이틀 전에 영주시청 기자실에 들러 출마기자회견을 하였고 이튿날 영주선거관리위원회에 예비후보로 등록했다.

사실 아내는 처음부터 내게 정치하지 말라고 강하게 말렸다. 바깥 활동보다는 병원을 열심히 지키고, 가족들과 여행을 다니는 등 행복하게 보내자며 정치 입문을 극구 반대했었다. 하지만 내가 막상 예비후보로 등록하고 본격적인 선거운동이 시작되자 아내는 열심히 나를 도왔다. 나와 아내는 이른 아침부터 밤늦게까지 각기 다른 행로를 정해 경로당, 어린이집, 전통시장, 택시조합, 그리고 모교 등 유권자들의 표심이 있는 곳에는 어디든 달려가 나의 이름을 알렸다.

가난한 시골 농부의 아들로 태어나 오래전 폐교가 되어버린 산골 작은 초등학교를 졸업하였고, 출신 중·고등학교조차 변변치 않았던 나는 일가친척의 후견을 기대하기도 힘들었고, 학연, 지연에도 기대할 수 있는 상황이 못 되었다. 선거에서는 혈연, 지연, 그리고 학연이 큰 힘이 되는데 그런 면에서 나는 아쉬움을 많이 느꼈다. 하지만 나를 알리려고 엄청난 열정으로 다녔고, 대대적인 당내 혁신과 참신한 인재를 수혈하고자 하는 당의 목표에 기대하는 바가 컸었다.

2012년 2월 12일 영주기독병원 맞은편 예비후보 사무실에서 예비후보 선거사무소 개소식을 성대히 치렀다. 그때 멀리 대구서 영주까지 달려와 주신 수성문화원 박순복 원장, 윤종현 원장, 경산JC 송종국 회장, 손우권 회장, 영남일보 CEO 2기 조장형 회장과 권순호 회장, 남상석 사무총장을 비롯하여 많은 분들의 고마움을 아직도 기억하고 있다. 또한 화환으로 축하해 주신 동산의료원, 영남대학병원, 경북대학병원, 경상북도 치과의사회 권오흥 회장을 비롯한 많은 분들의 고마움을 잊을 수 없다.

50여 일간 나와 아내는 시내 모텔에서 기거하며 정말 몸이 부서져라 뛰어다녔다. 그런 만큼 공천을 받지 못한 데 대한 충격도 컸다. 하지만 예비후보로 활동하다 경선 2배수에 들지 못하였지만 나를 도와 준 사람들을 일일이 찾아가 인사를 했고, 2012년 3월 27일 해단식과 함께 선거캠프를 해산했다.

해단식이 있던 2012년 3월 27일 오전 10시 나는 공천을 받은 3선 도전자를 진심으로 축하해 주고 싶어 그의 선거사무실로 찾아갔다. "오늘 저녁 해단식 후에 저는 짐을 싸서 다시 경산으로 내려갑니다"라고 얘기를 드리자, 공천을 받은 현역의원은 "뭐 해단식이라고까지 할 게 있나"며 받아쳤다. 나는 그의 음성이 아직도 귀에 생생하다. '정말 무례하고 오만한 사람이구나' 하는 생각이 들었다.

지역구 공천에 실패하고 나는 몸과 마음이 모두 탈진됐고, 어느 정도 컨디션을 회복하기까지 약 6개월이 걸렸다. 오전 진료는 주로 부원장이 맡아주었기에 나는 몸을 추스를 수 있었다. 2012년 10월경 나는 다시 예전처럼 에너지가 넘치는 평상의 모습으로 외부활동을 시작할 수 있었다.

다양한 사회활동을 하던 나는 보다 나은 사회를 만들어 가는데 일조하고 싶었다. 보다 나은 세상을 만들기 위해서 국민을 대변하는 국회

2012년 제19대 국회의원 한나라당 예비후보로 출마했던 필자.

의원이 되어야겠다고 생각했다. 돌이켜 보면 정치인으로서 나의 내공이 부족했다. 좀 더 심도 있고, 체계적인 정치학습과 정치 경험을 쌓아야겠다고 생각했다.

새누리당 정치대학원 제17기 초대, 2대 원우회장

2009년 한나라당에 입당, 2012년 19대 총선 예비후보를 거치면서 나는 정치에 대해서 묻고 답하기를 반복하였다. 2014년 10월경 4촌 형님(정치대학원 14기 이대영 부회장)의 권유에 따라 새누리당 정치대학원 17기에 입학하였다. 나는 이미 국회의원 예비후보로 뛰었던 경험이 있었기에 다 아는 얘기들을 가르치리라는 선입견으로 정치대학원 수업에 대해 그다지 큰 기대를 하지 않았다. 하지만 나의 선입견은 개강하던 날 완전히 빗나가 버렸다. 정치신인들을 위한 다양하고 유익한 커리큘럼을 편성하고 있음을 확인했다. 낯선 얼굴들과 함께 긴장과 기대감 속에서 첫 수업을 들었다. 첫 수업이 끝나고 뒤풀이에서 정치대학원 총동문회 임원들과 2차, 3차를 옮겨 다니며 정치대학원의 연혁과 분위기에 대해 자세하게 전해 들었다.

정치대학원수업은 9주 동안 매주 목요일에 있었는데, 저녁 7시부터 9시까지 수업이 이루어지고, 수업을 마치면 삼삼오오 모여 뒤풀이를 했다. 당시 박희윤, 김동기, 김관종, 손도신 등 10여 명은 수업을 마치

새누리 정치대학원 17기 입학식.

고 거의 매주 다음날 새벽 5~6시까지 뭉쳤고, 나는 KTX 첫차를 타고 동대구역으로 내려왔다. 이렇게 나는 9주간 정치대학원 수업과 다음날 새벽까지 이어진 뒤풀이를 단 한 번도 빼먹지 않았다.

6주차 수업은 강원도 홍천의 대명콘도에서 1박 2일의 워크숍으로 진행되었다. 이날 워크숍에서는 정치대학원 17기 원우회장을 선출하였다. 나는 지난 6주간 수업과 뒤풀이에 빠짐없이 참여하면서 동기들과 많이 친해진 터라 많은 동기들로부터 제안이 있어 원우회장 후보로 등록하였다.

2014년 11월 29일 아침식사를 끝내고 회의실에서 정견발표가 있었다. 정치대학원 17기는 93명이 입학해서 85명이 수료했는데, 이날 워크숍에는 68명이 참가했다. 저마다 정치에 뜻을 두고 있는 사람들이기에 자신의 리더십을 발휘해볼 좋은 기회라는 생각에 원우회장에 뜻

새누리당 정치대학원 17기 워크숍.

을 둔 후보들이 7명이나 되었다.

워크숍 1주 전에 후보 등록을 하고 출마자들은 열심히 문자를 보내 자기 경력 PR에 열을 올렸다. 하지만 나는 '나 이런 사람이니 나를 회장으로 뽑아주면 좋겠다'는 내용의 문자 홍보는 매우 식상하다고 느꼈다. 나는 지난 6주간 가끔 문자로 동기들의 안부를 묻곤 하였다. 후보자 등록 후에는 '열심히 하겠다는 내용과 경력 몇 줄을 담은 문자'를 딱 한 번 보냈을 뿐이다.

나는 투표현장에서 있을 후보별 5분의 정견 발표를 최대한 활용했다. 나는 영남일보 CEO아카데미에서 3박 5일간 떠난 미얀마 연수에 참가하고 있어서 나를 대신해 김동기 조직국장이 추첨하여 기호 1번이 되었다. 정견발표에서 나를 소개하는 동영상까지 준비하여 연단에 오른 나는 소통, 화합, 그리고 섬기는 리더십으로 17기 원우회를 이끌

새누리 정치대학원 17기 원우회장 취임식.

겠다고 다짐했다. 나의 경력과 활동사진들을 엮어 동영상으로 꾸며준 박희윤 사무처장, 새누리비전 임창빈 기자의 노고를 잊지 않고 있다. 개표결과 나는 약 70%의 득표를 기록했다. 정치대학원 기수회장 선거에서 가장 높은 득표율이었다. 나는 김경화, 그리고 최현숙 수석부회장, 부회장 손도신, 박건휘, 사무처장 박희윤, 청년국장 박상기, 여성국장 조혜리, 홍보국장 최미숙을 임명하였고, 각 부서 차장을 포함한 총 15명의 정치대학원 17기 임원진을 구성하여 2년간 왕성한 활동을 하였다.

정의화 국회의장님의 초대로 2015년 1월 1일 17기 임원진 10여 명과 국회의장 공관에서 신년하례회를 가졌고, 2015년 1월 22일 여의도 렉싱턴호텔에서 정치대학원 17기 회장취임식을 하였다. 당시는 물론 지금까지 정치대학원 역사상 초대 기수회장 취임식을 가졌던 유일한 기수였다는 후문이다. 그날 행사에 참석하여 축사를 해주신 이주영 현(現)

〈사진 위〉 국회의장 공관 방문(2015년 1월 1일).
〈사진 아래〉 국회의장 공관 방문(2016년 1월 1일).

국회부의장, 이철우 현 경북도지사, 류희림 전 YTN사이언스 대표이사, 임상수 현 중앙연수원부원장, 방경연 정치대학원 총동창회장을 비롯한 많은 내외귀빈들께 깊이 감사드린다.

2015년 3월 약 30명의 17기 회원들이 충남 예산·홍성의 예당저수지에서 지역구 홍문표 국회의원을 모시고 1박 2일 워크숍을 가졌다.

새누리 정치대학원 17기 연평도 워크숍.

정의화 국회의장님의 초대로 2016년 1월 1일에도 17기 임원 10여 명과 한남동 국회의장 공관에서 정의화 국회의장님께 신년하례를 드렸다. 2016년 11월에는 17기 회원들 10여 명과 함께 1박 2일 안보견학을 통해 연평도 피격 현장을 둘러보며 안보관과 국가관을 고취하였다.

이렇게 정치대학원 초대 원우회장으로서 원우회를 이끌기 위해 열심히 노력한 결과 2대 원우회장으로 연임되었고, 2018년 12월에 총회를 통해 3대 김경화 회장께 바통을 넘겼다. 현재 정치대학원은 총 19기까지 배출되어 있는데, 17기가 어느 기수보다 활동적이고 단합도 잘 되는 기수라는 평가를 받으니 다행이다. 정치대학원 17기 회장으로 재임하는 동안 함께 해준 모든 임원들과 적극적인 참여를 해준 동기들께 늘 감사한 마음을 갖고 있다.

20대 총선, 19대 대선에서 배운 정치

나는 현장에서 실제로 부딪치며 경험하고 배우는 걸 좋아한다. 그런 면에서 제19대 총선 예비후보로 열심히 뛰었던 일은 교과서나 이론 수업으로 얻을 수 없는 값진 경험이었다. 나는 2015년에 수성구 갑 조직위원장에 도전했다. 나는 총선 예비후보로 뛰었고, 다양한 정치활동으로 충분한 준비가 이루어졌다고 생각했다. 2016년 4월에 치러지는 총선에서는 기회를 잡아야 한다는 생각이었다. 2015년 2월 수성구 갑 이한구 의원의 20대 총선 불출마 선언으로 나를 비롯한 김문수 전(前) 경기도지사, 강은희 전 여성부장관, 정순천 전 대구시의회 부의장 등 많은 거물급 정치인들이 수성구 갑 조직위원장에 도전하였다.

수성구 갑은 대구의 정치, 교육의 1번지였다. 당시 지역정서는 신선한 인물이 필요하다는 공감대가 형성되어 있었다. 최종엔트리에 들었던 나는 더불어민주당의 김부겸 전(前) 행안부장관과 대결에서 승리할 수 있다는 자신감이 있었다. 김부겸 전 행안부장관이 서민적이고, 소탈해서 시민들과 잘 소통한다는 평가를 받는데, 김부겸 전 행안부장

관보다 내가 훨씬 스킨십이 좋다고 자신하였다. 하지만 그 같은 정치 신인의 꿈은 지명도 높은 거물정치인 김문수 전(前) 경기도지사에 가려 기회를 얻지 못했다. 김문수 전 지사가 조직위원장에 선정되었고 제20대 총선에서도 김문수 전 지사가 공천을 받았으나, 총선 결과 더불어민주당 김부겸 후보 약 63%, 김문수 후보 약 37%였다.

2016년 12월 현직 대통령 탄핵이라는 초유의 사태를 겪으며 대한민국은 극심한 혼란에 빠졌고, 예정보다 7개월이나 앞서 2017년 5월 이른바 '장미대선'을 치러야 했다. 2017년 치러진 제19대 대선에서 나는 자유한국당 중앙선대위 보건의료분과위원장, 국가안보전략단부단장으로 대선 승리를 위해 열심히 싸웠다. 애초 대선후보지명 시에 약 5% 이하의 지지율에서 출발했던 자유한국당과 홍준표 대선후보의 지지율은 한 달여 만에 치러진 대선에서 약 25%의 지지를 받았다. 탄핵을 겪으며 지리멸렬했던 보수우파가 대선투표에서는 어느 정도 결집한 때문이었다.

지난 2016년 치러진 제20대 총선, 2017년 치러진 제19대 대통령선거 역시 정치를 배우고 경험할 수 있었던 소중한 기회였다. 냉정하게 돌아보자면 박근혜 대통령의 측근으로 '호가호위(狐假虎威)' 하였던 세력, 특히 진박감별사들과 진박세력 때문에 2016년 총선 결과 자유한국당이 160석 가까운 과반의석에서 120석으로 주저앉았다. 20대 총선 패배로 인해 과반수에 훨씬 못 미치는 바람에 박근혜 대통령의 탄핵도 막지 못했고 보수우파가 오늘처럼 궤멸당했다.

이렇듯 역동적인 정치현장을 누비면서 나는 '국회의원 당선, 여의도

입성'이라는 정치인으로서 목표는 이루지는 못했지만 많은 걸 느끼고 배울 수 있었다. 정치인으로서 길을 걸어오는 동안 나를 지지해준 많은 분들이 계셨기에 넘어졌다가도 오뚝이처럼 다시 일어설 수 있었다. 머지않아 어두운 밤을 지나 새로운 희망을 주는 '아침'이 올 것이다. 나는 오늘도 나의 목표를 향해 한걸음 한걸음씩 나아간다.

〈사진 위〉 박근혜 대통령과 함께 청도에서(2011년 8월).
〈사진 아래 왼쪽〉 이덕영 당협위원장 취임식에서(2018년 3월).
〈사진 아래 오른쪽〉 김문수 전 경기지사와 고모역에서(2014년 12월).

이덕영 경북 경산시 당협위원장 취임식에서(2019년 3월 17일).

① 왼쪽부터 김광림 의원(경북 안동), 정태옥 의원(대구 북갑), 필자, 남유진 전 시장(경북 구미).

② 송언석 의원(경북 김천)과 권영진 대구시장과 함께.

③ 김상훈 의원(대구 서구)과 함께.

④ 왼쪽부터 정종섭 의원(대구 동갑), 이철우 경북도지사, 정태옥 의원(대구 북갑).

① 경북 영천시 구지면 민생투어 현장에서 황교안 대표와 함께(2019년 4월).
② 신상진 국회의원(경기 성남 중원구).
③ 김성원 국회 통일위원장(경기 연천 동두천).
④ 정우택 국회의원(충북 충주 상당구, 좌상)

정치판은 원래 그런 거야

2018년 1월 자유한국당 경산시 조직위원장 공모에 응모하여 영광스럽게도 나는 1월 31일 조직위원장에 선정되었다. 나는 2018년 3월 17일 약 2,500명의 당원들과 경산시민들이 모인 가운데 경산시민회관에서 당협위원장 취임식을 가졌다. 6·13지방선거를 진두지휘하며 성공적으로 치러 당 소속 도의원 3인(3/4), 시의원 9인(9/15)을 당선시켰다. 2018년 한 해에 경산의 각종 행사에 당협위원장으로 200회 이상 참석했다. 당협위원장을 맡았던 1년도 채 안된 기간에 당비 납부 당원 4,600명을 입당시켰다. 그렇게 맡겨준 직분에 최선을 다했다.

그러나 2019년 납득할 만한 이유도 없이 당협위원장에서 교체되었다. 가끔 시민들이나 당원들로부터 '우려 반, 호기심 반'으로 당협위원장에서 왜 교체되었느냐고 질문을 받는다. 나는 '그것이 정치더라'라고 답할 수밖에 없다. 조강특위에서는 40년 가까이 경산을 떠나 경산에 살지도 않는 사람을 신임 위원장으로 내려 보냈다. 지역에서 수십년씩 봉사하며, 지역민들과 함께 울고 웃으며, 경산 발전을 위해 애쓴 많은 조직위원장 후보들이 모두 배제되었다. 전형적인 낙하산인사였다. 매우 부당하고, 불공정한 일이다. 당을 망치는 해당행위로 당사자들은 언젠가는 합당한 책임을 져야 하는 날이 올 거라 믿는다.

2019년 현재 대한민국이 전반적으로 투명하고 공정한 사회가 되었다는데 인식을 같이하지만 정당과 정치의 영역에서는 낡은 구태가 개선되지 않고 있다. 칼자루를 쥔 조강특위위원장, 당 대표, 당 사무총장, 비대위원장 등이 마음대로 칼을 휘두른다. 국회의원 비례대표 공천이나 지역구 공천도 이와 별반 다르지 않다는 생각이 든다. 2016년 20대 총선 공천을 앞두고 화두가 되었던 미국식 '오픈프라이머리(상향식공천제도)' 방식조차도 표면적으로는 '오픈프라이머리'를 도입해 유권자들이 직접 후보자를 선택하여 본선에 내보낸다고 하면서 실제로는 이미 내정한 사람을 뽑기 위한 요식행위에 후보자들을 들러리 세운다고 의심을 받았다.

그렇지만 나는 대한민국 정치판에 드리워져 있는 이런 불합리와 불공정도 앞으로 투명하고 공정하며 정의로운 방향으로 차츰 개선되리라 기대한다. 반칙 없이 공평한 기회가 주어지는 세상이 되면 노력한 만큼 좋은 결과로 큰 뜻을 이룰 수 있을 것이다. 그리고 내가 꿈꾸는 보다 안전하고 자유로운 대한민국, 살기 좋은 세상을 만들어 갈 것이다.

2018년 10월 1일 자유한국당비대위에서는 전국 253군데 당협위원장 일괄 사표를 수리하였다. 새로이 구성된 조강특위에서는 몇몇 가이드라인을 제시했다. 젊고 참신하며, 전문성을 갖춘 인물들을 발굴하겠다고 호언장담했다. 보수우파 궤멸의 시발점이 2016년 총선으로 거

슬러 올라간다며 2016년 총선공천과정에서 진박활동과 진박감별사 역할을 한 당사자들에 대한 책임을 묻겠다고 했다. 대통령 측근으로 '호가호위(狐假虎威)' 하며 책임이 있는 위치에 있었으면서도 최순실의 국정농단을 막지 못하고, 박근혜 대통령을 제대로 보필하지 못한 사람들에 대한 책임을 묻겠다고 했다.

하지만 김병준 비대위에서 최종 선정한 조직위원장들의 면면을 보면 비대위의 '호언장담(豪言壯談)'은 모두 '공염불(空念佛)'이었다. 조강특위 구성원들의 '자기 사람 심기'에 지나지 않았다. 이곳저곳에서 애초 내세웠던 비대위의 인적 쇄신 가이드라인과 너무나 배치되는 인물들을 앉혔다. 경산도 예외가 아니었다.

졸속으로 추진된 자유한국당 조직위원장 선정과 관련하여 위원장이 억울하게 교체된 당협에서는 중앙에서도 지역에서도 한동안 잡음이 끊이지 않았다. 신임 위원장이 오고 나서 경산의 당심과 민심은 세 갈래로 나뉘어졌다. 조직위원장이 새로 왔지만 그가 21대 총선에서 공천을 받는다는 보장은 없다. 내가 공천해서 당선된 시도의원들은 처신을 어떻게 해야 하나 고민이 있을 것이다. 그분들도 마음고생이 많다. 나는 그분들에게 항상 새로 온 위원장을 열심히 도와드리라고 기회 있을 때마다 전하였다. 단 나와 맺어진 인간적인 인연은 변치 않기를 바랄 뿐이다.

대한민국 미래를 좌우하게 될 2020년 총선

젊은 2~30대 청년들은 한국당이 없어져야 할 꼰대 정당이라고들 한다. 2030, 3040 젊은이들과 함께 하지 못하는 보수우파에게 희망이 있을 수 없다. 앞으로 한국당의 과제는 21대 총선 승리를 위해 어떤 공천을 할 것인가이다.

냉정하게 돌아보자면 박근혜 대통령의 측근으로 '호가호위(狐假虎威)' 하였던 세력, 특히 진박감별사들과 진박세력 때문에 자유한국당이 2016년 총선에서 120석으로 망했다. 20대 총선 패배로 인해 과반수에 훨씬 못 미쳐 박근혜 대통령의 탄핵을 막지 못했고 보수우파가 오늘처럼 궤멸당했다.

나는 김병준 비대위에서 '호언장담(豪言壯談)' 했지만 공염불(空念佛)'에 그친 조강특위 인적 쇄신 가이드라인이 황교안 대표에 의해 21대 총선 공천에서 제대로 완성되길 바란다. 자유한국당이 살아남으려면 21대 총선 공천에서는 곪아터진 손가락을 끊어 내는 심정으로 버릴 사람들은 버려야 한다. 비워진 자리에는 젊고 깨끗한 각 분야의 전문

가들로 채우는 대대적인 혁신을 해야 한다. 여성, 청년, 장애인을 배려하는 공천이 필요하다. 단, 가장 중요한 부분이 애당심과 당에 대한 기여도가 바탕이 되어야 한다고 생각한다. 자기 출세와 자기 영달을 위해 고위공직을 하면서 자유한국당은 물론 보수우파에 전혀 관심이 없던 인물들이 공직 퇴임 시점이 되어 영입 케이스라는 명분 아래 국회의원 공천까지 쉽게 받았던 과거의 공천 행태가 바뀌길 바란다.

21대 총선에서 150석 이상으로 승리하지 못하면 2022년 대선 승리는 기대하기 어렵다. 그럼 우리는 또 5년을 아마추어 좌파정권의 '포퓰리즘(populism)' 정책실험을 견뎌야 하고, 북한의 핵과 미사일 공포로 인한 안보불안, 무분별한 최저임금 인상으로 인한 경제 폭망, 미국, 일본 등 전통적 우방들과의 마찰, 외교 불안에 시달릴 수밖에 없다.

아침을 여는 소리

의사로서 병을 고치는 소의(小醫)의 역할이 그동안 나의 모습이자 나의 본분이었다. 앞으로는 사회를 고치는 중의(中醫), 나라를 고치는 대의(大醫)가 되고 싶다. 나의 천직은 의사이다. 지금도 감사하고 명예로운 삶이다. 보기에 따라서 정치인은 의사와는 180도 다른 역할이다. 하지만 나는 그동안 쌓은 의사로서 전문성과 역량을 제대로 발휘해서 보건의료분야 정책들이 제대로 펼쳐지도록 지도감독하며, 꼭 필요한 법안들을 제대로 입안하여 더욱 밝고, 건강한 사회, 안전하고 풍요로운 대한민국을 만들고 싶다.

지인들 가운데 내가 정치하려는 데 대해 적극적인 격려와 지지를 하는 분들도 계시고, 정치를 마약에 비유하며 일찌감치 손 씻으라고 조언하시는 분들도 많다. 사람들은 흔히 '정치는 마약과 같다'고 말한다. 마약은 빠지면 끊는 게 몹시 어렵고 그러다보면 건강을 해치고 재산도 탕진하게 되는데, 정치도 이와 비슷한 면이 많기 때문이다. 정치에 입문했다가 가산을 탕진하고 건강조차 잃는 경우를 우리 주변에서 흔히 볼 수 있다.

소의(小醫) 이덕영- 하양중앙내과 진료실에서.

나는 명예와 권력을 쫓아 정치에 뜻을 둔 게 아니다. 의학박사, 내과 전문의로서의 부와 명예만으로도 충분하다. 나는 약자를 대변하고, 사회의 병든 곳을 도려내고, 국민들이 배불리 먹고 편안히 쉴 수 있는 대한민국을 만들고자 정치의 길로 들어섰다. 나는 다양한 사회봉사를 통해 지도자는 섬김의 리더십이 바탕에 있어야 함을 알고 있다. 섬김의 리더십은 약자를 배려하고 소외된 곳을 먼저 돌아본다.

국민소득이 3만 달러를 넘어 선진국 반열에 오르고 있지만, 노인빈곤, 청년실업, 엄청난 가계부채 등으로 국민들의 고통은 날로 더해가고 있다. 이제 정치인들도 제대로 밥값을 해야 한다.

낡은 사고와 행태들이 개선되어 평등한 기회, 공정이 바탕이 되는 자유롭고 정의로운 대한민국을 내 손으로 만들어가고 싶다. 산업화시기를 지나 경제적으로 좋아졌고, 민주화시기를 지나며 사회문화적으

〈사진 왼쪽〉 중의(中醫) 이덕영- 정치대학원 17기 원우회장 취임식에서.
〈사진 오른쪽〉 대의(大醫) 이덕영- 아침을 여는 소리.

로 많은 변화가 있었지만, 우리 사회에 남아 있는 권위주의, 청탁, 차별, 그리고 지역감정 등 바뀌어야 할 낡은 행태가 한두 가지가 아니다.

나는 많은 정치인들 가운데 5선으로 국회의장을 지내면서 여야가 대립할 때마다 분명한 소신을 가지고 여·야 합의 처리를 강조하셨던 의사 출신의 정의화 전(前) 국회의장과 80년대 중반 베스트셀러 소설 『인간시장』의 작가로 국회의원 의정활동 평가에서 베스트의원으로 선정되었음에도 미련 없이 정계를 떠난 소설가 김홍신 전(前) 의원 두 분을 훌륭한 정치인으로 기억하고 있다.

나는 정의화 전(前) 국회의장처럼 대화, 타협, 소통과 배려의 정치인이 되고 싶다. 사람과 사람, 사람과 사회 사이에 첨예하게 맞서는 사안이라도 상대를 인정하고, 존중하는 가운데 의견을 조율하여 결론을

국회의장 공관 신년하례식 당시(2016년 1월 1일).

도출해내는 과정이 필요하다. 소통이 요즘 우리 사회에서 가장 많이 회자되고 있는 이유는 역설적이게도 소통이 안 되기 때문이다.

나는 자리에 오르기 전에 내려올 준비를 항상 하고 있을 것이다. 영원한 권력이나 자리는 없다고 생각한다. 나는 국회에 입성하면 김홍신 전(前) 국회의원처럼 의정활동 평가, 지역구 관리 등에서 최고로 잘 나가고 있을 때 미련 없이 그 자리에서 물러나고 싶다.

나는 진리라고 믿는 몇 가지 격언들을 항상 마음속에 새기고 있다.

'뜻이 있는 곳에 길이 있다'고 했다. 나는 나의 꿈, 새로운 비전이 이루어질 때까지 매진하려고 한다.

'진인사대천명'이라 했다. 최선을 다하고 결과는 하늘의 명(命)에 따른다는 이야기이다. 고양이가 생쥐를 잡을 때 아무리 작은 생쥐라도 최선을 다한다. 나의 삶은 순간순간 최선을 다해 살아온 과정들의 연속이다.

'하늘은 스스로 돕는 자를 돕는다'고 했다.

정치인으로 길을 걸은 지 어언 10년이다. 그 과정에서 외롭고 힘들 때도 많았다. 나는 100미터 경주에서 약 80미터 정도 온 걸로 믿고 있다. 힘들어도 잘 이겨내면서 나머지 20미터를 열심히 달려 멋진 완주를 할 작정이다. 독자 여러분께 많은 관심, 격려 그리고 응원을 부탁드린다.

KMA
KOREAN MEDICAL ASSOCIATION

등록번호 제2018-130호

위 촉 장

하양중앙내과의원
원장 이 덕 영

귀하를 우리협회 대외협력자문위원으로 위촉함.

2018년 5월 9일

대한의사협회장 최 대 집

KMA
KOREAN MEDICAL ASSOCIATION

등록번호 제2018-61호

감 사 장

대외협력자문위원 이 덕 영

귀하께서는 대한의사협회 제39대 집행부 대외협력자문위원으로서 올바른 의료제도 확립을 위해 투철한 사명감으로 헌신적인 활동을 펼침으로써 협회 발전과 회원 권익 수호에 기여한 바가 크기에 감사의 뜻을 기리고자 이 감사장을 드립니다.

2018년 4월 18일

대한의사협회장 추 무 진

제 552 호

표 창 장

하양중앙내과의원
원 장 이 덕 영

귀하는 본회 편집위원회 위원으로서 맡은바 직무를 성실히 수행하여 의료계 발전에 이바지한 공이 크므로 이에 표창합니다.

2009년 3월 28일

경 상 북 도 의 사 회
회 장 이 원 기

제 476 호

위 촉 장

하양중앙내과의원
원장 이 덕 영

귀하를 본회 편집위원회 편집위원으로 위촉합니다.

2006년 11월 3일

경 상 북 도 의 사 회
회 장 이 원 기

사회공헌활동(상장,위촉장)

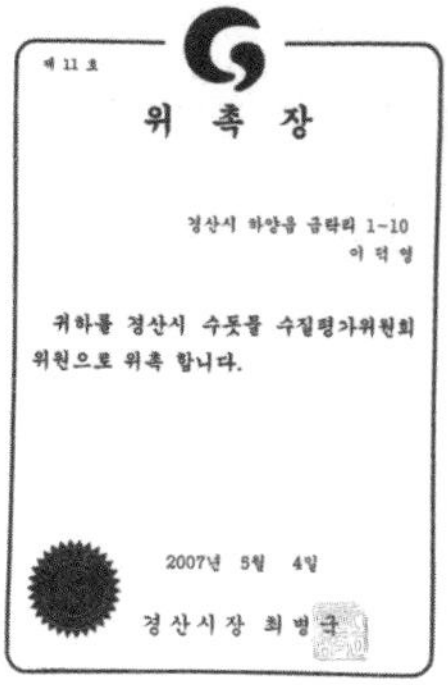
제 11 호

위 촉 장

경산시 하양읍 금락리 1-10
이 덕 영

귀하를 경산시 수돗물 수질평가위원회 위원으로 위촉 합니다.

2007년 5월 4일

경산시장 최병국

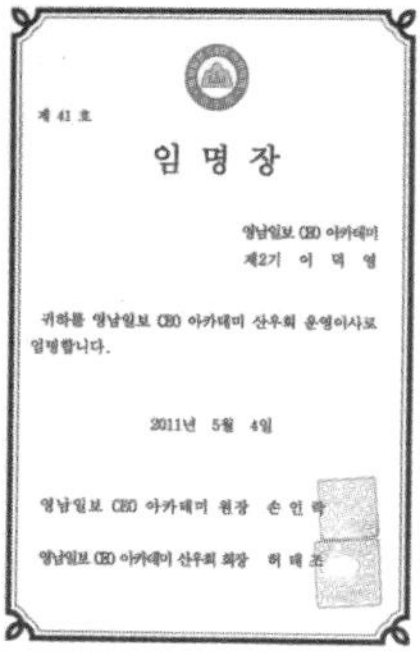
제 41 호

임 명 장

영남일보 CEO 아카데미
제2기 이 덕 영

귀하를 영남일보 CEO 아카데미 신우회 운영이사로 임명합니다.

2011년 5월 4일

영남일보 CEO 아카데미 원장 손 인 락

영남일보 CEO 아카데미 신우회 회장 허 태 조

제2011-2호

위 촉 장

주소 : 경산시 하양읍 금락리 1-10번지
성명 : 이 덕 영

귀하를 경산경찰서 경찰발전위원회 위원으로 위촉 합니다.

2011년 6월 24일

경산경찰서장 김 상 은

제11-18호

위 촉 장

부회장 이 덕 영

귀하를 영남일보 CEO 아카데미 2기동기회 부회장으로 위촉합니다.

2011년 10월 12일

영남일보 CEO아카데미 2기동기회
회 장 권 순 호

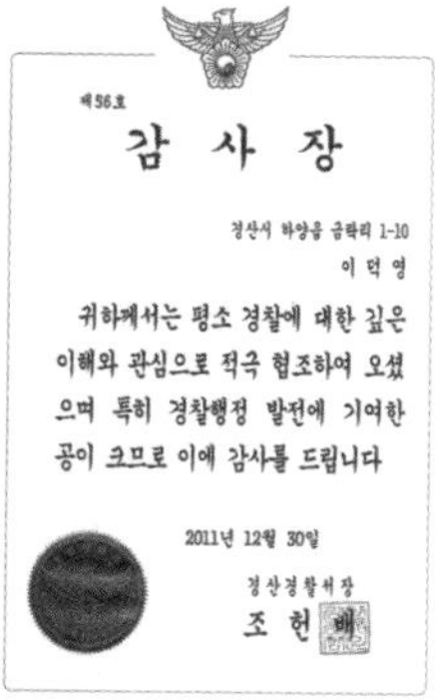
제56호

감 사 장

경산시 하양읍 금락리 1-10
이 덕 영

귀하께서는 평소 경찰에 대한 깊은 이해와 관심으로 적극 협조하여 오셨으며 특히 경찰행정 발전에 기여한 공이 크므로 이에 감사를 드립니다

2011년 12월 30일

경산경찰서장
조 헌 배

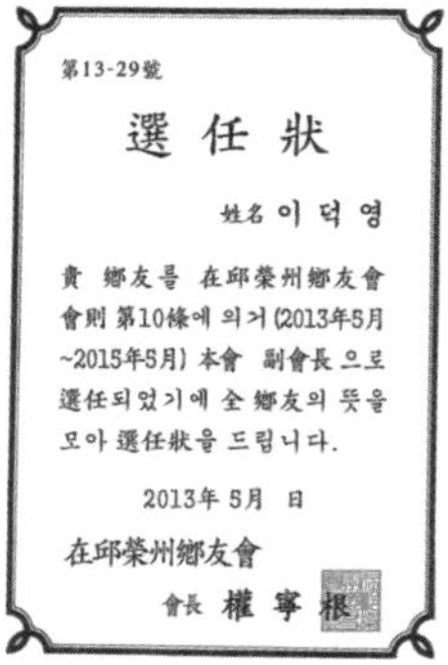
第13-29號

選 任 狀

姓名 이 덕 영

貴 鄕友를 在邱榮州鄕友會 會則 第10條에 의거 (2013年5月~2015年5月) 本會 副會長 으로 選任되었기에 全 鄕友의 뜻을 모아 選任狀을 드립니다.

2013年 5月 日

在邱榮州鄕友會
會長 權 寧 根

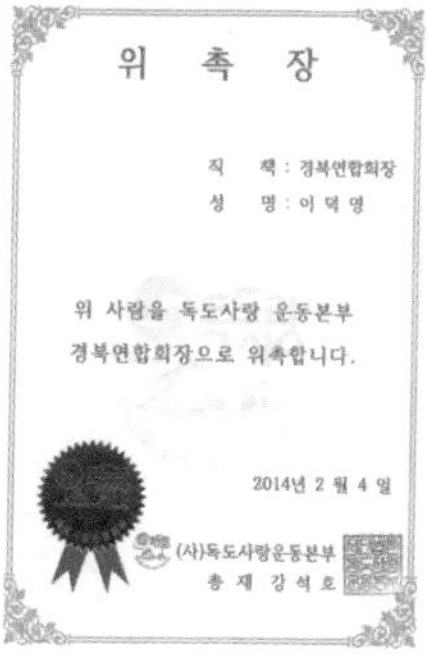
위 촉 장

직 책 : 경북연합회장
성 명 : 이 덕 영

위 사람을 독도사랑 운동본부 경북연합회장으로 위촉합니다.

2014년 2 월 4 일

(사)독도사랑운동본부
총 재 강 석 호

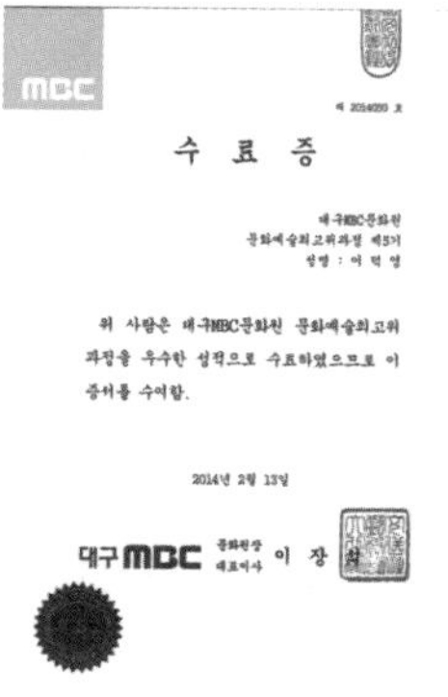
MBC

제 2014030 호

수 료 증

대구MBC문화원
문화예술최고위과정 제5기
성명 : 이 덕 영

위 사람은 대구MBC문화원 문화예술최고위 과정을 우수한 성적으로 수료하였으므로 이 증서를 수여함.

2014년 2월 13일

대구MBC 문화원장 대표이사 이 장 석

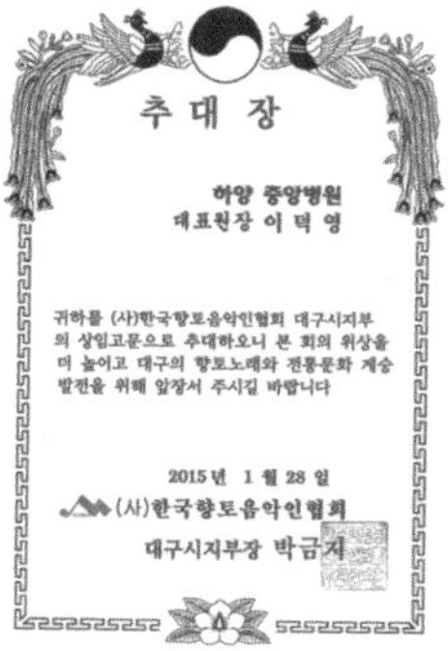
추 대 장

하양 중앙병원
대표원장 이 덕 영

귀하를 (사)한국향토음악인협회 대구시지부의 상임고문으로 추대하오니 본 회의 위상을 더 높이고 대구의 향토노래와 전통문화 계승 발전을 위해 앞장서 주시길 바랍니다

2015년 1 월 28 일

(사)한국향토음악인협회
대구시지부장 박금지

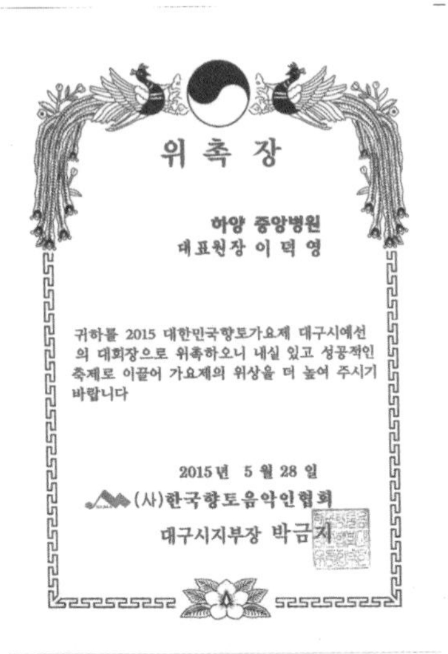
위 촉 장
하양 중앙병원
대표원장 이 덕 영
귀하를 2015 대한민국향토가요제 대구시예선의 대회장으로 위촉하오니 내실 있고 성공적인 축제로 이끌어 가요제의 위상을 더 높여 주시기 바랍니다
2015년 5월 28일
(사)한국향토음악인협회
대구시지부장 박금지

대한민국신지식인총연합회
대한민국 신지식인
Korea Sinjisikin Alliance
하양중앙내과
대표원장 이 덕 영
대한민국신지식인총연합회
총회장 박 희 영

KOREAN RED CROSS
대한적십자사
정기후원가입 확인서
하양중앙내과
제네바협약의 정신과 국제적십자 운동 기본원칙에 따라 적십자의 이상인 인도주의를 실현하고 세계평화와 인류 복지공헌을 위한 대한적십자사의 정기 후원가입을 확인합니다.
2019년 7월
대 한 적 십 자 사
회 장 박 경 서
Regular Membership Certificate
This certifies that
하양중앙내과
is a regular member of the Korean Red Cross striving to realise humanitarianism as its ideal and to contribute to world peace and the welfare of mankind, based on the spirit of the Geneva Convention and the Fundamental Principles of the International Red Cross and Red Crescent Movement.
July 2019
Park, Kyung-seo
President

사회공헌활동(패)

영남일보
위촉패
부회장 이 덕 영
귀하의 지혜와 능력을 신뢰하므로 2011년도
영남일보 CEO아카데미 2기 부회장으로
위촉하여 본 회의 발전에 많은 공헌이 있으시길
기원하면서 이 위촉패를 드립니다.
2011. 4. 27
영남일보 CEO아카데미 2기
회장 권 순 호

매일신문사
정치아카데미
제1기
한양중앙대과
대표원장 이 덕 영
2011년 7월 20일
매일신문사
사장 이 창 영

감 사 패
이 덕 영
귀하께서는 제1기 새누리 정치대학원 원우회장으로서
투철한 사명감과 헌신적인 봉사정신으로 타의 모범이 되고
2014년 12월 18일
새누리 정치대학원장 이 군 현

우 정 상
영남일보CEO아카데미
제2기 부회장 이 덕 영
귀하는 영남일보CEO아카데미와 후배를 사랑하는
마음으로 원우를 추천, 영남일보CEO아카데미를 명품의
반열에 올려놓는데 크게 기여하였으므로 아카데미
가족의 마음을 모아 우정상을 드립니다.
2012년 2월 21일

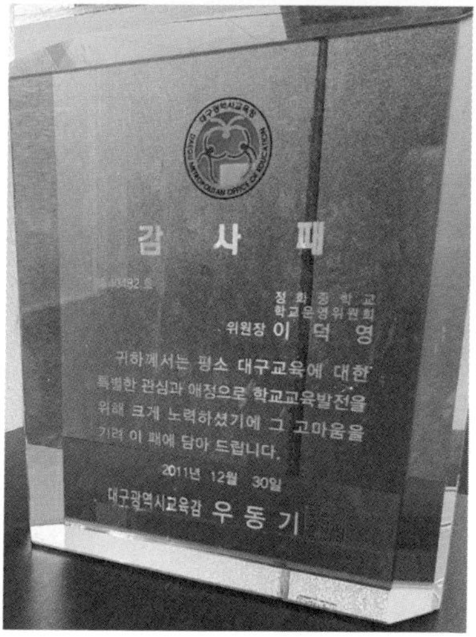
감 사 패
정화중학교
학교운영위원회
위원장 이 덕 영
귀하께서는 평소 대구교육에 대한
특별한 관심과 애정으로 학교교육발전을
위해 크게 노력하셨기에 그 고마움을
기려 이 패에 담아 드립니다.
2011년 12월 30일
대구광역시교육감 우 동 기

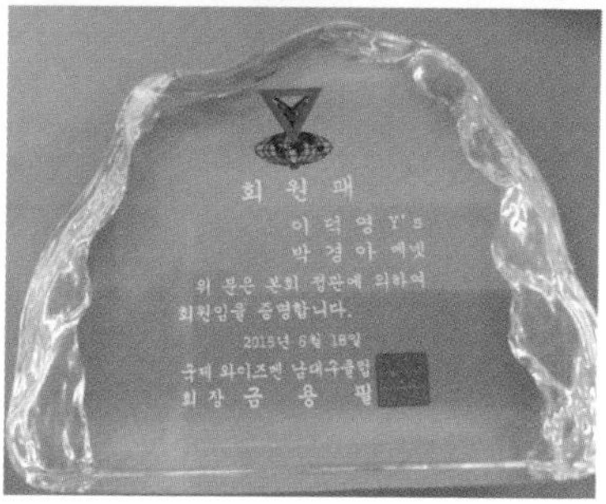
회 원 패
이 덕 영 Y's
박 경 아 메넷
위 분은 본회 정관에 의하여
회원임을 증명합니다.
2015년 6월 18일
국제와이즈멘 남대구클럽
회 장 금 용 필

정치 수상경력,위촉장

자유한국당

제2018-02054 호

임 명 장

이 덕 영

자유한국당 경상북도 경산시 조직위원장에 임명함.

2018년 2월 2일

자유한국당 당 대표 홍 준 표

자유한국당

제 2019-00822 호

임 명 장

이 덕 영

위 사람을 중앙연수원 부원장으로 임명함

2019년 4월 24일

자유한국당 당 대표 황 교 안

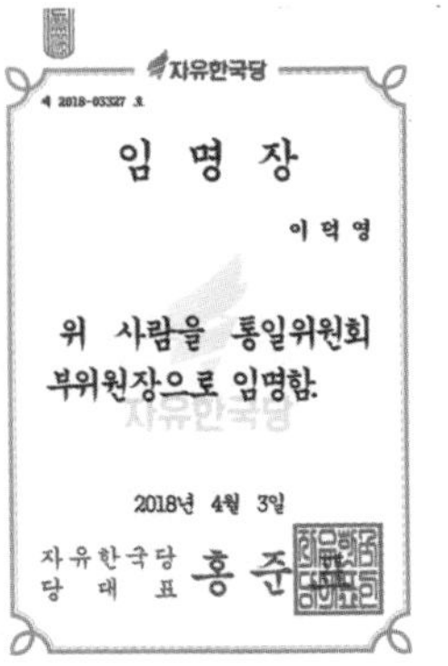
자유한국당

제 2018-03327 호

임 명 장

이 덕 영

위 사람을 통일위원회 부위원장으로 임명함.

2018년 4월 3일

자유한국당 당 대표 홍 준 표

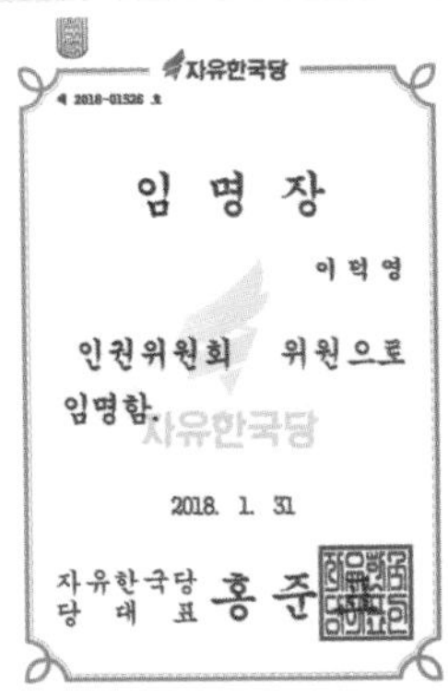
자유한국당

제 2018-01526 호

임 명 장

이 덕 영

인권위원회 위원으로 임명함.

2018. 1. 31

자유한국당 당 대표 홍 준 표

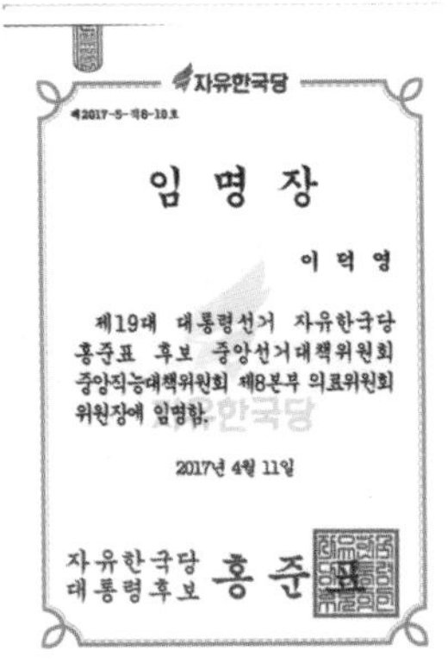
자유한국당

임 명 장

이 덕 영

제19대 대통령선거 자유한국당 홍준표 후보 중앙선거대책위원회 중앙직능대책위원회 제8본부 의료위원회 위원장에 임명함.

2017년 4월 11일

자유한국당 대통령후보 홍 준 표

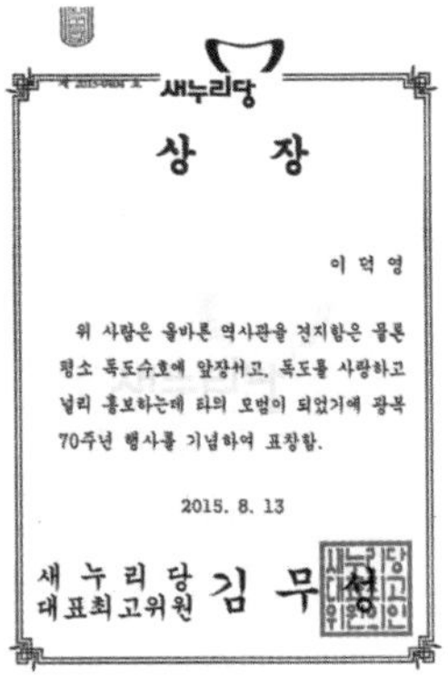
새누리당

상 장

이 덕 영

위 사람은 올바른 역사관을 정지함은 물론 평소 독도수호에 앞장서고, 독도를 사랑하고 널리 홍보하는데 타의 모범이 되었기에 광복 70주년 행사를 기념하여 표창함.

2015. 8. 13

새누리당 대표최고위원 김 무 성

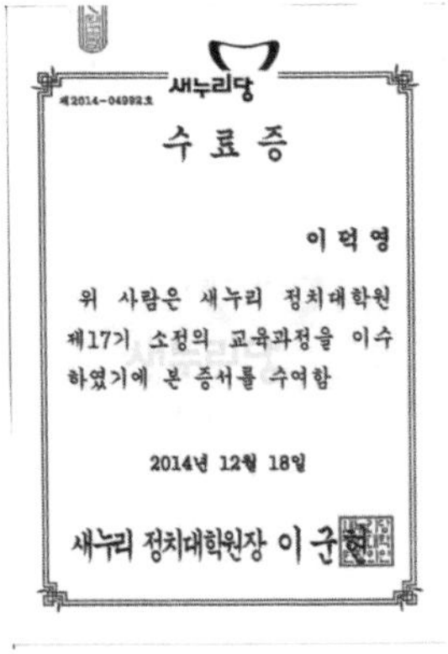
새누리당

제2014-04993 호

수 료 증

이 덕 영

위 사람은 새누리 정치대학원 제17기 소정의 교육과정을 이수하였기에 본 증서를 수여함

2014년 12월 18일

새누리 정치대학원장 이 군 현

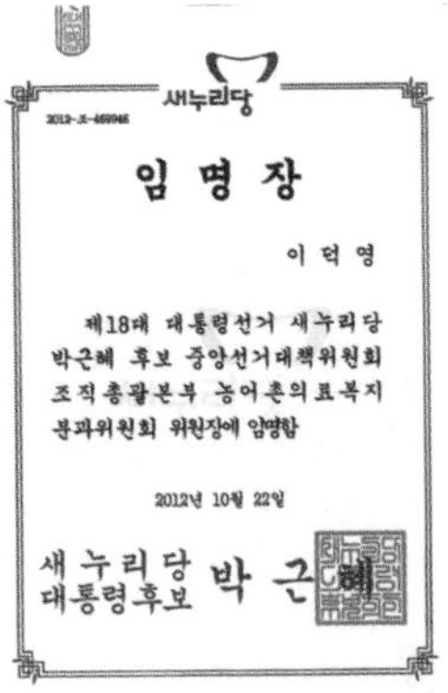
새누리당

임 명 장

이 덕 영

제18대 대통령선거 새누리당 박근혜 후보 중앙선거대책위원회 조직총괄본부 농어촌의료복지 분과위원회 위원장에 임명함

2012년 10월 22일

새누리당 대통령후보 박 근 혜

에필로그

내가 책을 쓰기 시작한 건 2015년이니 벌써 4년이 흘렀다. 이 책에서는 내가 태어나고 자란 과정부터 만 50이 될 때까지 살아온 과정을 진솔하게 담으려 노력했다. 가난 때문에 중학교에 가지 못할 뻔했던 내가 지금은 어엿하게 내과의원을 경영하는 전문의, 의학박사가 되었다. 과분하게도 경산의 '명의'로 통하고 있고, 대구, 경북 등 멀리서 찾아오는 환자들이 있을 정도로 성공한 의사다. 이런 내가 가끔은 자랑스럽고 뿌듯하다.

세상에는 공짜가 없다는 말이 있다. 대가를 치른 만큼 얻는 것이 인지상정이다. '개천에 용 나다'라는 말처럼 시골 촌놈이 의사가 되고, 박사가 되고, 명의가 되고 한 것은 공부 잘하는 아이의 그렇고 그런 성취가 아니다. 말 그대로 '분투'(奮鬪)의 결과였다. '분투'라는 말은 "있는 힘을 다해 싸우거나 노력하는 것"이라는 사전적 의미를 보더라도 그냥 적당히 해서 이룰 수 있는 게 아니다.

이 책을 마무리하면서 나의 이야기를 독자들이 얼마나 관심을 가져줄까에 대한 걱정이 앞선다. 그럼에도 용기를 내서 책을 내는 이유는 그동안 열심히 살아왔기에 나이가 쉰에 접어든 2015년 내 인생의 전반부를 한 번쯤 정리를 하고 싶었다. 철 모르고 앞만 보고 달렸던 과거 학창 시절, 그리고 의사가 되어 개원하고 생활이 안정된 후 여러 사회활동을 통해 깨닫고 느낀 점들을 원고지에 적으며 정리하는 과정을 통해 나 자신에 대해 깊이 들여다보고 싶었다. 성찰 없는 미래 설계는 사상누각(沙上樓閣)으로 기초공사도 없이 모래 위에 집을 짓는 것과 같다. 지나온 삶에 대한 성찰과 반성을 통해 '나는 누구인가'를 물어보고 답을 하는 과정을 거쳐 50세 이후의 인생 후반부에 더욱 힘을 내고 싶었다.

아울러 이 책을 읽는 독자들이 희망을 갖고 각자가 처한 어려운 환경을 이겨내는 데 힘을 보태고 싶었다. 특히 자라나는 청소년들에게 어려운 가정환경에서도 꿈과 희망을 가질 수 있도록 용기를 북돋우어 주고 싶었다.

50세 이후의 나의 삶에 대해서는 새로운 회고록에 담을 예정이다. 50세가 넘어서니 그 이전보다 두세 배는 바빠진 것 같다. 해가 갈수록 더 바빠지고 더 일이 많아진다. 2018년 자유한국당 경산당협위원장이 되어 경산당협을 이끌었고, 6·13지방선거를 진두지휘하여 성공적으로 치렀다. 2018년 한 해에 경산의 각종 행사에 200회 이상 참석했다. 당협위원장을 맡았던 1년도 채 안 된 기간에 당비 납부 당원 4,600명을 입당시켰다. 그렇게 열심히 맡겨준 직분에 최선을 다했다. 그런 이야기들을 다음 번 자서전에 담을 생각이다.

나를 위해 응원과 격려를 아끼지 않았던 모든 분들께 다시 한 번 진심으로 감사를 드린다. 아울러 이 책을 끝까지 읽어준 독자들께 감사드리며 앞으로도 지속적인 관심, 응원, 그리고 격려를 부탁드리고 싶다.

마지막으로 늘 나에게 위로와 힘이 되어준 사랑하는 아내와 세 딸들, 지원이, 혜원이, 시원이, 그리고 양가 어른들을 비롯한 형제자매, 처가식구들께 진심으로 감사를 드린다.

의학박사 이덕영 원장의 걸어온 길

〈정치경력〉

2019. 자유한국당 중앙연수원 부원장

2018. 자유한국당 경산시 당협위원장

2018. 자유한국당 통일위원회 부위원장, 인권위원회 위원

2017. 자유한국당 보건위생분과 수석부위원장

2017. 19대 대선 자유한국당 중앙직능대책위 의료분과 위원장

〈의사회 활동 경력〉

2018. 대한의사협회 대외협력 자문위원

2016. 대한의사협회 남북의료협력위원회 위원

2010. 경북대학교병원 경북의대 외래교수

〈사회단체 활동(이력)〉

2017. 아침을 여는 소리 이사장

2014. (사)독도사랑운동본부 경상북도연합회장

〈학력 및 취득 전문의 자격〉

2006. 경북대학교 의과대학교 대학원 의학박사 취득

2000. 내과 전문의 취득

1992. 계명대학교 의과대학 졸업

〈수상내역(표창)〉

2018. 국민권익위원회 소관 (사)부패방지국민운동총연합 청렴인 대상 수상

2015. 대한민국 신지식인상, SNS 산업진흥원장상 수상

2015. 경상북도 청소년지도자 대상

2007. 경상북도 의사회장 우수회원 표창